ハーレクイン文庫

# 純真な花嫁

スーザン・フォックス

飯田冊子 訳



HARLEQUIN
BUNKO

# BRIDE OF CONVENIENCE

by Susan Fox



Published by Harlequin K.K., Tokyo, 2013

# 純真な花嫁

◆主要登場人物

ステイシー・アムハースト……破産寸前の令嬢。
オーレン・マクレーン……大牧場主。
ジェブ……オーレンの牧場の牧童。
コニー……オーレンの家の家政婦。
アリス……オーレンの家の料理人。

# 1

女は破産状態だった。

まとっている衣装が豪華で流行の先端をいっているのはいつものとおりだ。だが今夜は、青緑色にちらちら光る滑らかな素材の、有名デザイナーのオリジナルものが、彼女の色白の肌や金髪、それに非の打ち所のないスタイルをこれ見よがしに誇示している。有り余るほどの金を持っているように見えるが、実際は、全資産を合わせても二、三千ドルそこそこという状態だった。

それを変えてやろうとして、彼はここに来たのだ。

彼――オーレン・マクレーンは、これまでにも一、二度、成功の見込みのなさそうなものを背負い込んだことがある。たいていは牧場や、虐待された馬だった。失敗した企画や環境不適応者に可能性を見いだす、ささやかな才能を、彼は持ち合わせていた。適切なマネージメントや支援や再訓練で、相当な利益がもたらされたり、価値のある何かが回収できたり、あるいは引きだされたりするかもしれないのだ。

彼の関心を引いてやまない、そういう可能性の幾つかを、部屋の向こうにいるほっそりしたブロンドは持っている。何杯目かのワインをゆっくり口に運んでいるその女に、静かな絶望感といったものを彼は感じるのだ。

高級アパートメントの最上階で催されている混雑したパーティーでは、みんなが自分のことに夢中で、彼のほかはだれ一人、女の青く美しい目に浮かぶ疲れきった倦怠《けんたい》の色に気づいていない。彼女は、さっきから巧みにウエーターに飲み物のトレーを持ってこさせ、空いたグラスを新しいものとときどき取り替えさせている。しかし、それが、大都会の夜会に集う、嫌味ったらしいエリートや、自惚《うぬぼ》ればかり強くて退屈な人々から自分の感覚を麻痺《まひ》させようとしての行為だとは、だれも知ってはいないだろう。本人も酔いに任せてそのことに気づかないようにしているのかもしれないが、あとになれば、そうだったのだと悟るだろう。なんなら、できるだけはっきりと、こちらから指摘してやってもいい。

あの愛らしい瞳にはくたびれきった知性といったものがある。目的のない浅薄な人生に倦《う》み疲れた女にありがちな、メランコリックな色が。彼女の中の値打ちのあるもののほとんどすべてを台なしにし、枯渇させてしまった人生。それは、人生が美しさとチャーミングな微笑、あるいはたっぷりのチップで対処できる難題しか突きつけてこなかったときに起こることだ。

それでも彼女は、その浅薄な特権階級の暮らしが急速に終わりに近づくのを悲しんでいるらしい。ステイシー・アムハーストの、美貌《びぼう》と魅力を売り物に、効き目あるチップをたっぷり振りまいて生きてきた日々も、あと一週間しか続かない。そしてそれを知っているのは、高級アパートメントでのこの退屈なパーティーに集う人々の中でも、彼以外ほとんどいないだろう。

だが、ステイシー本人は知っている。それもあって、一人ぽつねんと陰気な顔をしているのだろう。そこには怯《おび》えもうかがえる。

ここ数カ月で、彼はステイシーについて多くを知った。だからこれはただの憶測ではない。彼女は本当に破産してしまったのだ。その広々としたアパートメントも、そこを飾っている値の張る代物も、ふいに、ベルーガキャビアの賞味期限同様、余命幾ばくもなくなってしまったのだ。彼女のまわりの、まだ何も知らない美しくて金持ちのスノッブたちも、間もなく、この衝撃的な事実を知るはずだ。

そうなれば、招待状がだんだん届かなくなるだろう。かけた電話にも出てもらえず、電話のメッセージも読んでもらえなくなるだろう。訪ねた先では執事もメードも玄関のチャイムに応《こた》えてくれなくなり、たとえ応えたとしても、丁重なうそを復唱して、中に入れてくれようとはしないだろう。彼女はセンセーショナルなうわさの的となり、人々は想像を絶するようなその同じ不幸を我が身にまで招き寄せてはならないとばかりに、怯えた口調でひそひそと、うわさをささやき合うだろう。

たいていの人は懸命に彼女の没落を自分たちの頭から追いだし、次の話題へと移っていこうとするだろう。彼女のことを忘れ、彼女が自分たち特権階級の一員でなかったふりをすれば、同じ恐ろしい運命への感染予防になるかのように。不運からも、不良投資や資産を横領されるといった運命からも、貧困からも、仲間外れになる恥辱とショックからも、免れるかのように。

気品や教養や美しさをありがたがる男性の中には――独身者であれ、浮気者の妻帯者であれ――彼女に近づいて、卑しい心からか誠意からかは別として、手を差しのべてくる連中も少しはいるかもしれない。だが、それはうまくいかないだろう。彼がその邪魔立てをするつもりだから。

オーレン・マクレーンが数カ月ぶりにニューヨークに戻ってきたのは、くだらない雑用のためではない。彼女の破産のうわさを何週間も前から聞いていたのだ。だが、甘やかされたサラブレッドが大事なレースであと数回負けて売りに出され、安値で手に入るのを待って、手出しを控えていたのだった。

彼とダンスをして、それを大いに楽しみ、彼に火をつけておきながら、あの派手な衣装の気取った女――ステイシー・アムハーストは、彼のプロポーズをからかい、真剣に受けとめようとはしなかったのだ。彼が差しだしたものを、妻に何をしてやれるか真実を言うには欲望に熱くなりすぎたテキサスの田舎者が、つい広げてしまった滑稽《こっけい》な大風呂敷としか取らなかったのだ。

だがいまは、違った目で彼を見るかもしれない。あの女には来週から、どこか落ち着く先が必要なのだから。特権的な暮らしを取り上げられ、仲間外れという憂き目に遭おうとしている女にとって、テキサスほど格好の場所はないだろう。

だからそこに連れていって、有意義で満ち足りた暮らし方について少しは知るようにしてやれば、彼を愛するようにさえなるかもしれない。

手にしたグラスのワインを彼女が半分ばかり飲み干し、お代わりの合図をこっそり送ろうと、そのチャンスを狙《ねら》って、ウエーターの一人に目を留めたとき、オーレン・マクレーンはそちらへと近づいていった。

お別れのつもりの会としては、見事な失敗だわ。ステイシー・アムハーストはそう思った。

ほとんどの人が、お別れの会とは気づいてもいないのだろうから。こんなことなら家にいたほうがよかった。

だが、彼女はすぐにその考えを変えた。家にいても気が滅入《めい》るだけ。今夜は料理人の休みの日だとか、執事は病床の母親を見舞いに出かけていったのだとかいうふりを、自分に対してもうこれ以上は続けていけなくなり、慰めとまともな食べ物を求めて、ここにやってきたのだ。

でも、食べ物は別として、慰めはほとんど得られなかった。私は何を期待していたのかしら？　家系を後生大事にしている友人たちが同情して押し寄せ、チャリティーのオークションでお金を集める手伝いをしようと申し出てくれるとでも？　この途方もない不幸を、本当の親友以外のだれかに知られたりしたら、アパートメントの賃貸契約が木曜日に切れるより先に、私はリムジンの前に身を投げだしているだろう。

お金に困ってここを逃げだし、どこか異郷で逼塞《ひっそく》した暮らしをするのと、悲劇的な死を遂げた富豪の令嬢とみんなに思われるのとどちらがましかしら？　でも私が貧乏になってしまったことは、いずれみんなに知れてしまうのだ。その事実が、束の間《つかのま》ひらめいたリムジンによる自殺の考えを押しつぶす手助けをしてくれたのだった。

本当は、どこかのお金持ちが今夜都合よく私を虜《とりこ》にし、急ごしらえの結婚にラスベガスへ連れていってくれないかと、半ば願っていたのだけれど。浪費家という私のうわさを利用すれば、手元金は買い物に使ってしまったというごまかしを、しばらくはだれにも知られずに続けていけるだろう。いずれにしろ、人前で着たことのない高価な衣装がまだ山ほどクロゼットに残っているし、値札をこれみよがしにつけたままの既製服も何着かある。ちょっと頭を働かせれば、そんな衣装を、新しく買ったものと言いつくろうのはわけないだろう。良心とプライドがその程度までなら許してくれればだけれど。

だが、このきざったらしい仲間の困った点の一つは、私の歳《とし》で結婚する――そう多くもいないけれど――女性たちにとって、お金のかかる習わしを何一つおろそかにせずに超豪華な式を挙げるというのが初めての結婚式の必要条件になっていることだった。

それに、今夜ここに顔を見せた独身男性で、結婚の対象として私がすでにリストから外していない人は一人もいない。だから、ラスベガスへひとっ飛びというアイデアもさようならだわ。

鬱々《うつうつ》と沈んだ気分の今夜は、すてきなご馳走《ちそう》でおなかをいっぱいにし、ビンテージワインで神経を麻痺させる以上の望みはもうほとんどなくなっている。

ふだんはどんなアルコールも好きではないし、たまにしか飲まないほうなのだけれど、今夜は別。今夜は私のお別れパーティー。資産をなくし、ただ一つのおつき合い仲間での私の居場所がなくなる前の、社交カレンダーにのった最後のパーティー。

そしてそのとき、ステイシーは彼に気づいたのだった。

長身の、ひどく男らしいテキサスの牧場主は、初めは絶望と恐怖が彼女を悩ますために生みだした、一つの幻影としか思えなかった。彼の記憶に悩まされて当然なのだから。

二人が最後に会ったときの、彼に対する私の態度は、決してほめられたものではなかった。けれどあのときは彼に気持ちを乱され、素朴なその男らしさに怯え、彼に感じさせられることにショックを受け、自分を守るしかなかったのだった。

あんなふうにとっさに相手をはねつけて、いまでは後悔している。でも、あの人は私にとってあまりにも正直で率直すぎ、あまりにも本物すぎたのだ。そう自分に言いきかせ、私はやましさを押し殺してきた。彼のような本物の男性は、私があまりにも軽薄で、彼の生き方にはとうてい合わないと、すぐに見抜いてしまうだろう。それを見抜いたとき、ああいう人はどう反応するかしら？　彼に悪い点をつけられるのは耐えられない。落第生よりは、スノッブと思われているほうがまだましだわ。

おまけに、あの人は、テキサスのどこか埃《ほこり》っぽい片田舎で牧場をやっているのよ。そんな所では私などなんの役にも立たない。それに寂しくて退屈で、気が変になってしまうだろう。二人は本当は肉体的に惹《ひ》かれ合っただけなのだ。そして私はその一触即発の激しさに怯えてしまったのだ。

私がセックスの面でみんなよりずっと初《うぶ》だとは、私の友人のだれ一人知らないけれど、本当のところ私はそういう面ではひどく遅れていて、二十四歳のこの歳でまだバージンだ。そして、友人の多くには、古い考えと笑われそうだけれど、私は、夢の男性が現れるのを待って、その人との結婚初夜までバージンでいることに、すっかり満足していたのだった。

それからあのカウボーイに出会い、彼にあまりにも圧倒され、怯えてしまったのだ。彼の話はだれにもしていない。笑われたりからかわれたりするのが落ちだとわかっているから。彼がテキサスから来た牧場主だからとか、あるいは、あまりにもタフガイで男臭く、洗練されていないからとか、私がパニック状態になるほど性的に彼に惹かれたからとかいう理由で。

彼には、今夜と同じ、このバッフィーのパーティーで出会ったのが初めてではなかったかしら? もう何カ月も前の出来事で、ようやく忘れられそうになっていたのに。いままた彼のことを考えているなんて驚きだった。彼はあのとき、だれかの客としてここに来ていたのだ。だれの客だったかは、紹介のときに注意していなかったので、たぶん思い出せないだろう。あのときは、頭の回線がショートしてしまって、あまりにも男臭いあの人にだけ目を奪われ、ほかの人はすべて意識から消えてしまっていたのだ。

自分の幻覚が作りだした影像が近づいてくるのを見守り、そのエレガントな黒のタキシードの見事なカットに見とれているうちに、ステイシーは脈が速くなるのを感じた。気づいてみると久しぶりに、恐怖からではなく興奮から鼓動が高まっていた。

マクレーンは――そう、私はその名前をまだ覚えていたのだわ――決してハンサムではなかった。けれど、彼ほど強くない男ならただ夢見るしかない、カリスマ的な男らしさがあり、人目を引くタイプの男性だった。幻覚から生じたその姿が近づいてくるのを、想像という安全圏の中で見守るのはひどく楽しく、口に運ぼうとしていたワインのグラスがつい途中で止まっていた。

その幻影がステイシーの目の前で足を止め、ひんやりした指先からワイングラスを器用に取り上げ、ウエーターがちょうど持ってきていたトレーの上にきわめて沈着冷静にのせた。そして、もう一方の手が彼女の腰に熱く当てられたとき、そのショックで初めて、これは幻影ではないと知った。

あのカウボーイがここにいる。

背がとても高く、がっしりしていて、たくましく、スリムでありながら筋肉質。でも決してハンサムではない、とまた思う。前にも気づいたことだが、厳《いか》つい顔立ちは、外気にさらされた人の褐色を帯び、長すぎる黒髪も相まって、祖先はネイティブアメリカンかしらと思わせる。きらきらした黒い瞳は、その肌色や髪の色、それにタキシードの高価な生地ともこの上なくマッチしていた。

ベッドの中のセクシーな夜を彷彿《ほうふつ》とさせる、かすれて物憂げな声で彼が低くつぶやいた。

「きみとダンスをしようと待っていたんだ、ダーリン」

ドアに近い、人目につかない片隅に巧みにエスコートされていき、ステイシーは床がかすかに傾くのを感じた。部屋の向こう端でピアニストが演奏している《アンチェインド・メロディー》のソフトな調べにのって踊っているのは、自分たちだけだったが、少しもかまわなかった。

前と同じように、ふいに全宇宙の中で存在しているのは二人だけになった。そんな思いに、ステイシーは頭がくらくらしてきた。私、酔ったのかしら？ それとも、このところのストレスと動揺で、とうとう頭がおかしくなったのかしら？

　彼から伝わる体温は焼けつくようで、大きな体の岩のようなかたさに膝が震えてくる。彼の手が、ステイシーの背中のきわどいほど低い位置にかけられていた。その手と彼の体の間にしっくり挟まれているという、ぞくぞくするような快感はほとんど官能的ともいえた。

「こちらには、ど、どういうルートでいらしたんですか？」

　頭がぼんやりしていて、この人は本当にここにいるのかしらと思えてくる。しかし、そのぼんやりした霞《かすみ》の中からなぜか彼のファーストネームだけは浮かび上がってきた。オーレン――南部の名前だ。カウボーイにはぴったりだけれど、どうしようもないほど古風な名前。

　彼の厳しい口元がかすかに歪《ゆが》んだ。「いつものとおりだよ。ピックアップトラック、飛行機から飛行機、それからタクシーを乗り継いで」

「このパーティーにはどうやって？」まだどこかぼんやりした声でそっときいた。今度も素直に答えが返ってきて、その口元にステイシーは目が釘《くぎ》付けになった。

「この前と同じだ。パーティーに呼ばれた客の、そのまた客として」

　ステイシーの頭はなぜか二度目のチャンスというばかげた考えにとらわれていて、彼の次の言葉をもう少しで聞きのがすところだった。相手を見上げてゆっくりダンスをしていたので、めまいがいっそうひどくなったせいだ。

「きみに会いに僕はニューヨークに来たんだ」

その言葉は初めは甘く響いたが、それから胸にちくりとくるものに変わった。何カ月か前の彼の狂気じみたプロポーズを受け入れていたらどうなっていたかしら？　受け入れていれば免れたかもしれない恐怖や災難をすべて数え上げられるほどいまは頭が冴《さ》えていないけれど、資産を失っても、これから受けるにちがいないような恥辱は、ほんの少しも味わわずにすんだだろうということだけはわかる。少なくとも、あと一週間で住む場所を失うことはなかっただろう。

「まあ、なぜ？」その問いはとても絶望的に響いた。頭の中をふいに、ほかの問いもめぐりだしていたのだ。ああ、なぜ私はあなたと結婚しなかったのかしら？　ああ、なぜ私はあんなにばかだったのかしら？

「きみのほうの事情が変わったかどうか、見てみなくてはならないと思ったんだ」

その言葉に胸がどきりとしてかすかな吐き気を覚え、彼女は頭が急に重苦しくなってきた。ついうつむいて、タキシードの襟の間の雪のような白さに瞳を凝らしてしまう。目がちくちくしてきて、海の波のうねりのようにこみ上げてきた感情を抑えようと、唇を噛《か》みしめた。

そんな彼女の反応に気づかないようにマクレーンは先を続けた。

「数日こちらに滞在して、きみを連れだし、きみのいまの考えを確かめようと思ったんだ。きみの答えが相変わらずノーでなければだが」

気がついてみると、ステイシーは両手を彼の胸に当てていた。二人はダンスもゆっくりとやめていた。部屋が動いているので、まるでまだ踊っているような感じがしていたけれど。

「私、気分があまりよくないみたい」彼女は言った。頭が働かなくて、ほかに何も言うことが思いつかない。本当に気分が悪かったからだが、本当は、〝いいえ、私の気持ちは変わっていないわ〟とか、〝いいえ。だって、いまも前と同じように私はあなたとの暮らしには合っていないから〟とか言うべきだったからでもあった。

どちらの答えにしても、彼はこれ以上私に関《かか》わらなくてすむようになるだろう。今度もまた彼を失望させるのなら、あとになってからよりも、いまのほうが親切というものだ。しかし、一時的でもいいから救われたいと、いまの窮境から逃れたいと、あまりにも長く懸命に願ってきたので、救いの綱ともなるこの申し出をとっさには断ることができなかったのだ。

ワインで頭はぼんやりしていたものの、やましさを覚えはじめたのは、そのときだった。やましさは初めはそれほど鋭くなかったが、やがてそうなりそうだった。とりわけ、生存本能が目覚め、財政上の屈辱を免れるためにはほとんど何にでも同意してしまうかもしれないと、ふいに気づいたからには。

このカウボーイは、自称お金持ち、ということだった。大きな牧場と油田を持ち、彼女には宝石にも有名デザイナーの作ったがらくたにも不自由はさせないと言っていた。

ああ、神様。彼女は唐突に思いだした。彼はそう言ったの。有名デザイナーの服を〝がらくた〟と呼んで。私はあのときも感動したけれど、それを思いだしていまも感動してしまう。私に心から夢中になっているように見え、私を幸せにしたくて、そして彼を夫として選ばせたくて、そのためならなんでも差しだそうと、優しい申し出をしてくれた、この大きくて素朴なタフガイの、無邪気な実直さに泣きたいほど感動してしまうのだ。

宝石と有名デザイナーの作ったがらくた……。女王のように崇《あが》めている女性に、自分の力の及ぶかぎり最善のものを差しだそうとするかのように、彼はそう言ってくれた。ただ彼が理解していないのは、社会的には彼より遥《はる》かに上の階級に属している、私のような見栄《みえ》っ張りのスノッブは、がらくたと呼ばれるような服に身を包んでいるところなど死んでも人に見られたくないし、ましてやカウボーイとなんて絶対に結婚しないということだった。

彼は私を、細やかな心遣いで、恭しく扱ってくれた。ステイシーは思いださずにはいられなかった。まるで、私が尊敬と甘やかし、いえ、崇拝にまで値するかのように。そのどれ一つとして彼から受けるに値しない女なのに。あのときも、そして絶対にいまも。私にとって、彼は優しすぎるし誠実すぎる。そして親切すぎるしナイーブすぎる。彼のように立派な人が、私みたいな役立たずのおばかさんを押しつけられるなんて、不当というものだわ。

この命綱をつかみたい。そして彼に、結婚のプロポーズを受け入れることで、気が変わるかもしれないと思わせたい。そのことに、どれほど――そう、どれほど激しく――心をそそられても。でも、そんなことをするほど私はまだ落ちぶれてはいない。ステイシーはそう気づいた。彼のように本当にいい人を利用してまで助かろうとするなんて、私にはできない。そんなことをしたら私は人間の屑《くず》の屑だ。とりわけいまは、代わりに差しだすものが前よりもなおないのだから。

「ああ、オーレン。私……」そのとき、部屋がぐらりと回った。「気分があまりよくなくて」喉に詰まった、舌足らずなつぶやきにすぎなかったが、まるで耳の中でしゃべられたかのように彼はその声を聞き取った。

部屋はまだ危なっかしく回りつづけている。気づくとステイシーはマクレーンにしがみついていた。そして、人込みの端に沿って彼に連れていかれるときも、その脇《わき》にぴったり身を寄せていた。膝から力が抜け、まともに立っていられない感じだったが、彼がしっかり支えてくれているので、だれの関心も大して引かずにすんだ。少なくとも彼女にはそう思えた。

玄関ホールの比較的静かな所に着いたとき、彼が立ち止まった。「吐き気がするのかい？」

どうなのか考えて数秒かかったものの、ステイシーは答えた。「いいえ」

そして、そう答えたときはすでに、専用エレベーターに連れ込まれていた。

ドアが閉まったとたん、マクレーンはステイシーを抱き寄せた。そして、その手首にかかっているイブニングバッグを取ってタキシードのカマーバンドに挟む間だけ、彼女を放した。

だが、またすぐに腕が彼女の体に回ってきて、ステイシーは心地よく引き寄せられていた。

「タクシーの所まできみを運ばなくてはならないかな？　それとも歩いていけるかい？」

びっくりするほどまぶたが重く、ステイシーは彼のがっしりして温かい胸に頬を寄せた。エレベーターが止まったらしい。どこか意識の遠い所で、それが感じられた。やっと立っていられるのも、彼が向きを変えてその腰につかまらせてくれたせいらしい。自分の力で歩けると勘違いしてしまうほどの支え方をしてくれている。

そんなに酔っているわけではないのに、めまいがし、眠くて動作が鈍くなる。それでも、運びだされたくはない。飲みすぎて、建物から運びだされる姿が、みんなの最後に見たステイシー・アムハーストであってほしくはない。それでなくても、彼女が一文なし同然なのは、あと数日もすればみんなに知れわたるのだから。

せめてどこかの長身で厳つい顔の男とパーティー会場をあとにするほうが、みんなの目に少しはすてきに映るだろう。その男がどこから来て、何をして生計を立てているか知れるまでは。

街の暖かい夜の空気で頭が少しすっきりする。マクレーンに導かれるまま、路上で客待ちしているタクシーの列に沿って彼女は歩いていった。一歩ごとに足元がしっかりしてきたが、列の先頭に来ても彼は足を止めない。

まだ先にほかのタクシーがあって、きっとそちらを目指しているのだろうと、前方に瞳を凝らしてみたものの、ほかに客待ちのタクシーの列はない。リムジンでも待っているのかと、それを探してみる。何歩か歩いて、リムジンも止まっていないのに気づき、ステイシーは当惑して歩調を緩めた。

「どこに行くの？」

「歩いたほうがきみのためだ」

うろたえて、ステイシーは彼を見上げた。

「だって、私の住まいは六ブロックも先なのよ。それにもう真夜中を過ぎているはずだし」

「すてきな夜だから」

なんてのんきな人なの！「強盗に遭うかもしれないでしょう」

いまマクレーンはほほえんでいる。大都会の犯罪の危険など一顧だにしないほどたくましい男だという歴然とした証拠だ。そのとおりの男なのだろう。体も大きいし、エレガントなタキシードを着ていても、厳つくていかにも荒っぽそうに見える。いわゆる、タフガイの典型。下手に手を出すんじゃない、というオーラが漂っていて、たいていの強盗は横を素通りするほうを選ぶだろう。ほかに、もっと簡単な標的がごろごろしている。

「でも、六ブロックなのよ」ステイシーはしつこく念を押し、それから頬がかっと火照ってくるのを覚えた。哀れっぽい声を出してしまったし、恨みがましく聞こえなかったかしら？　彼のような男の前でそんなことをするのを、多少は恥とするだけの分別はまだ残っていた。

同じことをほかのだれに言ってもなんとも思わなかっただろう。しかし、相手はオーレン・マクレーンなのだ。労働で鍛えた健康な体を持ち、わずか六ブロックなど朝飯前の軽い運動としか考えていないような男なのだ。

「歩いて、さっき飲んだワインの酔いを少しはさましたほうがいい」ぶっきらぼうな言葉に非難の響きを聞き取り、ステイシーはきまりが悪くなった。私、まるでうわばみのように飲んでいたんだわ。とんだところを見つかってしまって。いろんなことに耐えてわずかに生き残ってきたプライドも、これでもうぺしゃんこになりそう。

「ええ、そうかもしれないわね」ステイシーは答え、腰に腕が回されてきたときも抗《あらが》わなかった。彼女もためらいがちに彼に腕を回し、それから二人で歩きはじめた。うまくいけばワインの酔いが、コンクリートの上を六ブロックもハイヒールで歩く苦痛を和らげてくれるだろう。

わずか二ブロックほどで頭がさっきよりはっきりしてきて、プライドを捨ててもタクシーを呼び止めたほうがいいかしら、と思いなおすほど足が痛くなってきた。しかし、マクレーンがそばにいて見ている間は立派に振る舞いたいと、泣き言を言うのも泣きつくのも我慢した。

アパートメントに帰り着き、セキュリティーシステムを無事通過し、自分の階へと音もなく速やかに上昇するエレベーターに乗るころには、残酷なほど頭がさえてきて、アルコールの力で問題から逃れようとは二度としないと誓うまでになっていた。アルコールは問題をなお悪くしただけだった。だが、なお悪くしたという考えをいっそう下方修正しなくてはならなくなるだろうと、何かが告げていた。

そのささやかな予感は、二人でステイシーの部屋のドアの前まで来て、彼女がオーレン・マクレーンにおやすみを言おうとするころには、ぴったり当たっていると思えてきた。

マクレーンが言った。「できれば、中まで送っていって、きみが大丈夫かどうか見ておきたいんだが」

口調の誠実さからすると――はっきりそうだと言いきる自信はないけれど――無事を確かめる以上の下心はないらしい。この前のときは、とても信頼のおける人みたいだった。でも人は、短いつき合いでそう見えたのとは違う場合が多い。

それに、相手に無駄な希望を抱かせる前にストップをかけておいたほうが親切というものだ。といって別に私は、射程内に入ってきた男がみんな、たちまち私の虜になると思っているわけではないけれど。でもマクレーンは、彼のプロポーズについて私が気を変えたかどうか確かめるために、ニューヨークに来たと言っていたし、そこまでするのは、ちょっとやそっとの惚れようではないはずでしょう?

もう一つには、マクレーンが差しだすことのできるどんな救いの手にも、飛びつくチャンスを自分に与えたくなかった。彼を利用するのは間違っている。けれど、あと数分でも二人で一緒にいれば、いつまで高潔でいられるか自信がなかった。その上困ったことに、彼の男性的魅力に私の体は前と同じように反応してしまい、帰り道にお互い触れ合った所がいまだにうずいているほどなのだ。

「私は大丈夫。本当に。疲れているだけ……。それに、ばかな真似《まね》をしたのが恥ずかしいだけなの」譲歩してしまいそうな心を励まして言う。

彼の厳しい口元の片端が、かすかに上がった。「ばかな真似なんかしていないよ、ミス・ステイシー。きみはいつもどおりのきちんとした女性だ。ただ、ちょっと、喉が渇いていただけさ」

太くしゃがれた声の、優しくたしなめるような口調がすてきだった。まるで、きみは自分に厳しすぎるよ、と言わんばかり。けれど、その親切な言葉がかえってステイシーには痛かった。彼は女性に、あまりにも優しすぎる。

こんな優しい人は、変に気を持たせたり、利用したりはできない。

「ありがとう」物静かに答える。「おやすみなさい、ミスター・マクレーン」彼女はドアの方に向きなおった。

「これが必要だろう?」彼に言われてステイシーは振り返った。小さなバッグを見て受け取ると、留め金をまさぐって外し、キーを取りだした。ドアの鍵《かぎ》を開けられるほどには落ち着いていた。

マクレーンが後ろから手をのばしてドアを押し開けてくれたとき、体がまたうずくのを感じ、ステイシーはあわてて中に入り、それから振り向いた。

「明日、会いたいんだが。どこかで昼を一緒にと思って」

私をもう一度口説こうというのね。でも、そんなことはさせられない。彼にそう伝えるのには、くじけそうになる気持ちを奮い立たせなくてはならなかった。

「ご、ごめんなさい。本当にごめんなさいね、オーレン。でも、それはよくないわ」オーレンと呼んでしまい、思わず唇を噛みそうになる。いままでミスター・マクレーンと言っていたのに、ファーストネームで呼ぶのは、あまりにもなれなれしすぎるように思える。まるで誘っているように取られないかしら？

断られたことしか気づかなかったかのように、マクレーンはふいに冷ややかになった。私、彼の気持ちを傷つけてしまったかしら？　それとも怒らせてしまっただけかしら？

住み込みの使用人がもういないのを、この人は知りようがないけれど、ここにはいま私たち二人きりなのだ。彼が私を脅すつもりなら、私は財産を失うどころではない深刻なトラブルに見舞われるかもしれない。

マクレーンは大きくてタフで、その気になれば私など簡単にやっつけられてしまうだろう。そういう意味では彼は怖いが、ステイシーは少しも恐れていなかった。この人はエチケットの取り締まりには引っかかるかもしれない。どのフォークを使ったらいいか、王族や大事なお客様の出迎えの列に並んで、その人たちにどう挨拶《あいさつ》すればいいのか、知らないかもしれない。けれど、非の打ち所のない紳士であることに変わりはないのだ。

「わかった、ミス・ステイシー」その厳つい顔にはきまじめさしかうかがえなかった。彼は手を上げて内ポケットから名刺を取りだすと、それを差しだした。

「僕の泊まっているホテルの名前とルームナンバーを書いておいた。木曜日までそこにいる。それ以後は、そこに載っている電話番号のどれでも、僕に連絡が取れるはずだ」

ぶしつけな態度を取るのは悪いと思い、しぶしぶながらステイシーは名刺を受け取った。

いまはもう、こちらに背中を向けてエレベーターまでの短い距離を遠ざかっていっている。その証拠に、露骨に拒否しなくてもわかるだけの繊細さは持ち合わせている人だ。

彼がエレベーターに乗り込んでこちらを向き、その顔が見えるより前に部屋のドアが閉まってほしい。呼び戻さないためには、本当に口元を手で押さえなくてはならなかった。

ステイシーは室内にさらに一歩後ずさった。そして、耳をすましていると、部屋のドアのロックがかちりと閉まる音がし、それから、エレベーターのドアの閉まる音が聞こえた。

オーレン・マクレーンに私はいま親切を施したのかしら？　それとも、私はいま窮地から簡単に抜けだせる最後のチャンスをふいにしてしまったのかしら？

## 2

翌朝遅く、鏡に映った幽霊のように青ざめた顔にも、彼女が悶々《もんもん》と苦しんでいる自己憐憫《れんびん》にも、気品など少しもなかった。熱いシャワーをほんのお義理程度に浴び、化粧という気の遠くなるような苦行を果たし、髪を整えると、ステイシーはその日着るものを決めるためクロゼットに入っていった。

大きなクロゼットの片側には衣装のハンガーが軍隊並みの正確さできちんと間隔を取って並び、彼女を嘲《あざけ》っている。メードのアンジェリークがいつもこの上なく念入りに気を配り、衣装をきちんとハンガーにかけ、皺《しわ》が寄らないように、所々に薄紙をくしゃくしゃにして詰め込んでくれていたのだ。

一つの区画には、靴やブーツが同じ正確さで、色で区分けされ、それぞれの棚に並べてある。下着も、同じように、異常なまでの几帳面《きちょうめん》さと色へのこだわりでしまわれているのをステイシーは知っていた。アンジェリークは、まさに神経症患者にとっての理想像というところだった。

ところが、メードには簡単にできた一糸乱れぬ整理整頓《せいとん》が、ステイシーにはまったく維持できないことが、一週間も経《た》たないうちに証明されてしまったのだ。クロゼットの左側は乱雑を極め、丸めた薄紙がカーペットの上に散らばっている。ほかの些細《ささい》なことでも自分が少しでも役立たずと感じられるとそうなるように、整理整頓がうまくできないことでも、彼女の密《ひそ》かな自信のなさは深まり、自分がますます無能で頼りない人間に感じられてくるのだった。

女というのは社会の飾り物で、いい結婚をして金持ちの亭主の資産になっていればいいという考えの、年老いた祖父に育てられたとはいえ、この時代、この歳《とし》で、せめて自立できるだけの仕事を何もやってこなかったというのは、どう言い訳が立つものでもない。

だが実際は、かわいがられ、甘やかされて、かなりの役立たずになってしまったのだ。そう確かに、慈善や社会活動、それに一つか二つの政治運動で忙しくはしてきた。しかし、そのどれ一つとして、リッチで気楽な暮らしを続けていけるほどの収入にはつながらない。

せっせと働いてお金持ちになり、その成功の証《あかし》に何か由緒あるものを探している成金の億万長者のためなら、私はいい妻になれるだろう。けれど自力で成功するとなると、からきしだめ。これまでは、この世の中の簡単に手に入らないものや楽しめないことは避けて通れたし、実際、避けて通ってきた。

でも、私のすてきな持ち物の大半が、数日後には、どこかの倉庫に送られてそこに預けられ、私も街のいまほど高級でない地域に住むことになるという事実だけは避けて通れない。それに、バスや地下鉄で動きまわる術《すべ》も覚えていかなくては。雨露をしのぐだけの収入があり、私でもできる仕事を、これからもまだ探しつづけなくてはならないのだから。そこからの収入で、自分の持ち物を手放すことに耐えられるようになるまでの、倉庫の保管料も払っていかなくてはならないのだし。

三年前、祖父が亡くなったとき、自分で財産管理をしていたら、いまごろこんなに困った羽目に陥ってはいないはず。でも、手癖の悪さを隠していたあんな悪党に、うかうかとそれを任せっぱなしにしておいたばかりに、資産を徐々に横領され、危険な金融投資に流用されてしまったのだ。

あの男の居場所を警察が捜しだし、残っているかもしれない私のお金をなんとか取り戻してくれればと、いまはそれを望むばかり。でも、あの盗人は南アメリカのどこかに逃げてしまい、捜査は距離の遠さだけでなく、それぞれの国の警察の協力体制という難しさまで加わってしまった。しかも、どこの警察も、資産横領などよりはもっと早く解決しなければならない犯罪を抱えているのだ。

頭の中でもう一度、すべての問題、すべての失敗をいらいらと考えなおし、それが一通り終わったときは、いつものように、起こりうる破局の再検討をステイシーはまた始めているのだった。その朝、十一時過ぎにベッドを出る前から頭ががんがんしだし、アスピリンをかなりのんでもおさまらなかった。単なる頭痛なのか、それとも悶々と考えあぐねた末の疲労のせいなのかわからないが、痛みはいずれにしろ同じだった。おまけに、吐き気を催すほどの不安まで、これも頭痛のせいか疲労のせいかわからないが、感じられるのだった。

着るものをようやく選び終えると、ステイシーはそれを身につけて寝室に入っていった。アイボリー色のカーペットに視線が落ち、マクレーンにきのう渡された名刺に留まった。屑籠《くずかご》に投げ捨てたつもりだったけれど、入れ損なって床に落ちたらしい。

それを見ただけで、ひどく苛立《いらだ》ってくる。何かを投げ捨てることさえ私にはうまくできないの？　彼女はかっかしながら名刺を拾い、もう一度投げ捨てようとして、その手がふと止まった。

名刺の裏には、ニューヨークでもその美しさと高級さで一、二を争うホテルの名前が、肉太の文字で走り書きされていた。文字の書き方を見ていると、たちまちマクレーン本人の人柄が感じられてくる。大胆で男らしく、断固とした人柄が。

マクレーンの筆跡は繊細でも優雅でも、読みづらくもない。本人同様、飾り気も気取りもなく、自信にあふれて見え、力強い筆勢は誠実さを声高に語っている。何をどう書こうかと迷う必要がなく、ただ書いたのだ。マクレーンという男は、本心で語り、語ったことは本心の男なのだ。率直すぎて誤解のしようがない。

彼の名刺を指先でつまんでいると、吐き気を催すほどの不安が少し和らげられるような気がする。マクレーンのような人をだましたり、そのお金を盗んだりすることは、だれもしないだろう。うっかり彼をなぶり者にしようものなら、叩《たた》きのめされそうだという理由だけでなく。

彼が私の立場なら、どうやって生きていけばいいかとか、どこに住めばいいかとか考えて、家の中でふさぎ込んではいないだろう。クロゼットの中が散らかっているのを気にしたり、自分の食べるものも料理できないからとか、自分のものも洗濯できないからとかいって、なんて役立たずなんだろうと自己嫌悪に陥ったりはしないだろう。

彼なら仕事を探すのを嫌がったりはしないだろう。友人にのけ者にされれば、〝ふん、勝手にしろ〟と言うはずだ。たとえ新しい生き方を見つけなくてはならないとしても、その世界での成功を勝ち取ろうと、そちらに全エネルギーと力を使うだろう。

そう、オーレン・マクレーンの印象はそんな感じ。だからこそ、そんな人が私のような人間の中に何を見いだせるのかと、また訝《いぶか》ってしまうのだ。それとも、まさにオーレン・マクレーンのような人と結婚させようと、古風で男性優位の考え方に凝り固まった祖父は、私を育てたのかしら？　祖父が私を結婚させようとしていたのは、富や地位や仕事に興味を持ち、それに心を奪われるあまり、妻は飾り物として選び、それでいて、跡取りとして、上品でハンサムな、それともそのどちらかを備えた男の子を産んでくれる育ちのいい女と決めてかかっているような男だったのかしら？

その点では、テキサスの牧場主や油田主にも、東部の金持ちのエリートにも、同じタイプの人間がいるのかもしれない。ステイシーは名刺を裏返して、電話番号のリストに目を通した。それは全部で六つあった。

希望の兆しがふと見える。オーレン・マクレーンの探しているものが箔《はく》をつけるための妻なら、私に失望しないかもしれない。肌にもスタイルにも十分気をつけてきているし、彼に恥をかかせないだけの服装のセンスも、上品さも持ち合わせているつもり。

マクレーンが探しているのは、馬を乗りこなしたり、ロープで牛をつかまえたり、牧場の仕事をしたりするのが彼より上手な女性ではないだろう。そういう女性なら、テキサスで見つけられたはずだ。

希望がふくらみすぎないうちに、テキサスの牧場をざっと思い描いてみる。都会からあんなに離れていて、人々は社交とか文化的な面ではどんなふうに暮らしていっているのかしら？

メードはいるのだろうか？　料理人は？　本人の話ではお金持ちらしいけれど、実際にはどれほどのお金持ちなの？

そのお金を何に使っているのかしら？　その全部を牛や土地やピックアップトラックやカウボーイ的な趣味に注《つ》ぎ込んでいるのかしら？　それとも、いくらかは家政婦を雇うのに使っているの？　家の大きさは？　掘っ建て小屋程度なのか、それともとてつもなく大きな家なのかしら？

宝石とか、有名デザイナーの作ったがらくたについて彼が言っていたことをまた考えてみる。彼の印象は、正直で率直な人という感じだったし、妻にしてやれることについて、誇張していたのではないのかもしれない。むしろ、大風呂敷を広げるタイプに見えるのを嫌って、控えめにものを言う人みたいだけど。

そんなことを考えているうちに、希望がまた少しふくらんできた。ニューヨークに来たのは、私の気が変わったかどうかを私に会って確かめるためだった、とあの人は言っていた。だが、その言葉を額面どおり受け取るわけにはいかない。もっと情報がほしい。でも、それを集めるのにお金のかからない方法が必要だわ。

そう、インターネットで調べよう。マクレーンの名刺から、彼がテキサスのどの地域の人かを調べだし、ネット上で、マクレーン牧場とマクレーン油田について触れている新聞記事を探しだす。

サンアントニオ新聞の社交欄が、何週間か前に地元で開かれた基金集めの慈善パーティーの記事の中で、オーレン・マクレーンという人について触れていた。しかし、関心を引かれたことがほかにもあった。それは、テレビの西部劇のミニシリーズが、マクレーン牧場でロケ撮影を行ったという記事だった。

オーレン・マクレーンについて、また少し不安が減った。彼は社会ののけ者でもなく、テキサスの彼の住む地域ではよく知られているらしい。それに、その名前が何かの犯罪に関連しているような記事も見あたらなかった。

自嘲《じちょう》のうめきがもれてしまう。祖父なら私の結婚の候補者について、その背景を少なくとも三代にまでさかのぼって調べさせ、その資産を一セントに至るまで詳しく知らなくては気がおさまらなかっただろう。

私は彼に犯罪歴がないことをインターネットで知り、やはりネット上で、新聞の社交欄と商工人名録を見て、甘やかされた妻を養っていくだけの資産があるかどうかを調べるだけで満足している。

それでも、見も知らない人と、その人のお金目当てに結婚するという考えに、ここまで深入りしていることにうんざりし、彼女は立ち上がって、うろうろ歩きはじめた。広いアパートメントなのに、刻々と息が詰まりそうなほど狭くなってくるように思える。

何年間も自分のものだったお金、というよりは、何年間も使ってきたお金についてステイシーは考えてみた。着るものと宝石類に一年間で使ったお金だけでもいまあれば！　いまはほとんど何も買えない。残っているわずかなお金で、これからの悲しいほど慎《つつ》ましい暮らしを支えていかなくてはならないのだから。それに仕事が何も見つからなかったらどうなるのかしら？　これなら我慢できるという仕事を待って、もう二カ月も経ってしまったのだ。

自分でもできる仕事はないかと相談した職業紹介所には、月曜にまた電話することになっているのだが、暗い将来を思い描いていると、それまで待つなんてとても考えられないほどの焦燥感に駆られてくる。

土曜の夜が、長く暗い廊下のわびしい暗がりのように、目の前に大きく立ちはだかっている。冷蔵庫の中のデリカテッセンの総菜にはすでに飽き飽きしている。温かくておいしい料理は不安感を静めるのに役立ち、なけなしの勇気を少しは高めてくれるだろう。

ステイシーは、パソコンのキーボードに立てかけてある名刺を眺め、オーレン・マクレーンを利用するほどまでに堕落してしまいそうな、深刻な危険を感じた。

彼が私をディナーに招待する気があるかどうか確かめるぐらいなら、そうひどくもないだろう。結婚については、向こうも本気ではないのかもしれないし。プロポーズへの私の返事がいまもまだノーなのかを確かめにニューヨークに来た、というようなことを言っていたくらいだから。一、二回デートすれば、彼も本当は私にイエスと言ってほしくないのだと気づくかもしれない。私に幻滅するまで一緒に過ごしてあげるのが、親切というものかもしれない。

利己的な動機——それに温かい食事への切望——を高尚なものに見せようと、どれほど物事をねじ曲げているかは考えないようにして、ステイシーはマクレーンの泊まっているホテルに電話をし、気が変わってお会いすることにしますと伝えた。

そして、その日の夜の計画を二人で立てて電話を切ったあと、彼女は自分の卑劣な計画に意気消沈した。もう少しで、本当にもう少しで、電話をかけなおそうとしたほどだった。

その女——ステイシー・アムハーストはひどくそわそわしていた。今夜のデートを心の中で後ろめたく思っているのがにおってくるようだ。彼女の人柄にマクレーンは満足していた。

ステイシー・アムハーストのような貴族趣味の女性は、貧乏になるのを恐れるだろう。破産の恐怖から逃れるためにはなんでもするところまで追いつめられているはずだ。僕のような粗野なテキサス男とでも結婚しかねないくらいに。

食事をしながらも、彼女はさっきからずっと買うかもしれない一頭の馬を値踏みするかのように密かにこちらを観察している。

レストランに入ってからこの席まで、彼女の腰に片手を添えてエスコートしてきたが、そのときの勘違いしようがないほどの和んだ手応《てごた》えから、僕に触れられるのを嫌ってはいないらしいとわかる。

さっき、アパートメントに迎えに行き、腕を取って階下に下りてタクシーに乗り込んだが、そのときも同じ感じを受けた。それからここに着き、タクシーからレストランまでの短い距離を手を取って歩いたときも。

彼女は子供の温かい手にしっかり握られた極上のキャンディーみたいだ。その冷ややかな気品や丁重なよそよそしさが、セロファンの包みのように薄いのがいい。数カ月前は、僕が近づくと、彼女は僕を——それとも自分自身を——どう扱っていいかわからないようだった。いまもそれは変わらないが、不本意なほど僕が好きなためか、僕のような男に慣れていないせいかはわからない。少なくとも、二人で一緒にいるのを楽しんではいるらしい。

彼女がつき合い慣れている男たちに比べれば僕は野獣に見えるかもしれない。くそっ、僕は孔雀《くじゃく》ではないさ。肌は外気にさらされて褐色に日焼けし、手は大きくて傷跡があり、たこで皮が厚くなっている。僕の暮らしの中で、本当に繊細で洗練されたものといえば彼女だけだ。

しかし、いずれにしろ彼女は僕と結婚するかもしれない。僕には金があるから。しかも僕が彼女を望んでいるのを知っているから。愛以外の理由で僕と結婚することで彼女はやましさに苦しむだろう。いままでに聞きだせたわずかなうわさからというよりは直感で、そういう女だとわかるのだ。

もちろん間違っているかもしれない。だが僕の勘はだいたい当たっている。その勘が、ミス・ステイシー・アムハーストは善悪をわきまえた女だと告げている。ただ、どんな結果になろうと正しいことをしようとするだけの自信が――いまのところはまだ――ないのだ。こちらとしては、そこに乗じられる間は乗じさせてもらおうというわけだ。

彼女が最後のスプーンを取り上げてデザートをすくうのを、上体をそらして眺める。数カ月前に会ったときから知っているが、食べ物については彼女は、気難しく選《え》り好みして少しずつ食べるように育てられているはずだ。だが今夜は、調理室のテーブルについた、ひどく飢えた牛飼いのように、がつがつ食べている。

理由は明らかだ。もともとほっそりしている彼女がいっそう痩《や》せてしまっている。キッチンで自分では何もできないからだ。彼女の祖父は、よくもそこまで不甲斐《ふがい》ない女に育て上げたものだと思う。僕の娘なら、だれにも頼らないで生きていけるだろう。

僕の妻もだれにも頼らない女であってほしい。

ステイシーはこの歳で、いまだに自立できず、意気地がない。彼女についてはそこだけが――いずれは変えてやるつもりだが――気に入らない。上品で美しく優雅で、それでいて、自主独立の覇気に富み、そこから生まれる自信を持つことはできるはずだ。そうできないはずはない。

「では、教えてくださらない、オーレン」大都会ではデザートとしてとおる、芸術品ぶった小さなかたまりをほとんど食べ終えてから、ステイシーが口を切った。オーレンという名の響きを彼は楽しんだ。彼女が言うと、その名が優雅で上流階級の響きを持っているように聞こえる。「あなたの牧場のことなんですけど。サンアントニオのすぐ近くなんですか？」

彼はにっこりした。「車で三時間の近さだよ。多少の誤差はあるがね」

ステイシーは布製のナプキンを取り上げ、それで口元を押さえている。いまの言葉を考えているようだが、ひょっとしたら、急に襲ってきた落胆を隠そうとしているのかもしれない。

「そんなに町から離れていて、何をなさっているの？　娯楽のことですけど」

「ダンスパーティーや教会の親睦《しんぼく》会、バーベキューパーティーやロデオ、学校行事などもあるからね。それに、家畜の品評会とか、たまには家畜のパレードとか。小さな町の祝賀行事やイベント。ナイトライフや週末のためには安酒場が何軒か。ゴルフコースに湖。牧場での行事もある。バイヤーやビジネスマンが飛行機でやってくることもあるし、僕も、何かおもしろいことがあったり、仕事で必要があったりすれば、ほかの町に車か飛行機で出かける」

言われたことすべてを彼女は思い描こうとしているらしい――それに耐えられるかどうかも。それで彼は言葉を継いだ。

「町の人も土地の人も、たいていはいい人たちだ。家庭を大事にする人が多いし、実に友好的で、いわゆる地の塩、つまり、社会の健全な人々ってところだよ」

素朴で平凡な人間模様に、ステイシーは少々動揺したらしく、オーバーな仕草でナプキンを膝に下ろし、うつむいたままそれをもてあそんでいる。ようやく顔を上げて、ほほえんだ。穏やかに見せようとしたのだろうが、その割には引きつった微笑になっていた。

「とても……いい人たちみたいね」そう言ってから水のグラスに手をのばし、上品に口元に運んでいる。あまりにも優雅な飲み方に、彼は思わずその唇の動きに見とれてしまった。

口元を見られているのに気づいて不安になってきたらしく、ステイシーは急いでグラスを置き、彼に向かって恥ずかしそうににっこりしてみせた。デザートの皿をさりげなく押しやったところをみると、もう十分らしい。

マクレーンは物憂げな笑みを返した。「そろそろ引き上げたいんだが、ウエーターに伝票を持ってこさせるには、どうやればいいんだろう？」

田舎者を公言したようなものだ。こちらの期待どおり、ステイシーはそれを好意的に取ってくれたらしく、いまは微笑が心持ちほぐれてきている。

彼女はナプキンをテーブルにのせ、皿の横にきちんと置いて、ほかの人に聞こえないように声をひそめてささやいた。

「ここではみなさん察しがいいのよ。こうしてみてもいいし」ほっそりした人差し指を控えめに上げてすぐに下ろした。

マクレーンがステイシーに向かってにっこりした。そして彼女から視線をそらし、もったいぶった顔を作った。黒い瞳が一瞬きらりと光り、それは大声で叫んだのと同じ効果を発揮して、たちまち係のウエーターが銀のトレーを持って彼のそばに立っていた。

そのトレーに、マクレーンは大きな金額の紙幣を二枚ぽいと置いた。「釣りはいいから」彼が低い声で言うと、ウエーターは感謝の言葉をつぶやき、現れたときと同じように、たちまち姿を消した。

マクレーンが財布を出すところを見なかったことに、ステイシーは気づいた。私がデザートを食べ終えるのをどれくらい長く待っていたのかしら？　彼はデザートは断った。けれど、私にはどれかを選ぶようにと勧めてくれた。だから、不作法にも私はその勧めに従ってしまったのだ。

それともむしろ、これはきっとすてきなご馳走《ちそう》への最後のチャンスだと思い、それを見のがすには、わがままで意地汚なすぎたのかもしれない。

いまマクレーンは、こちらに向かってウインクしている。「あの連中についてはきみが言ったとおりだ。実に察しがいい」

それから彼は立ち上がった。その大きさと男らしい風貌《ふうぼう》に、まわりのテーブルでの低い話し声がふと止まった。必ずしも彼女の気のせいではなかった。まるで巨人がふいに立ち上がったかのようだった。マクレーンがテーブルを回ってきて、彼女が立ち上がれるように、さりげなく椅子を引いてくれた。

そして、しっかりとした力強い指で彼女の肘を取った。それは焼けつくように熱く、魅力的だった。

オーレン・マクレーンに感じさせられるような気持ちはステイシーは初めてだった。触れられるたびに、小さな衝撃とぞくぞくするようなうずきが走り、そんなものが感じられるとは知らなかった所に、急速に集まってくるのだった。

そのこともあって、この前は彼に圧倒されてしまったのだ。彼に触れられ、そんなふうに感じるたびに、もし軽く触れたりキスをしたりする以上のことをされたりしたら、私は自制心を失い、どうしていいかわからなくなってしまうだろうと、はっきり直感したのだった。友人から偶然触れられたり、ときどき軽く抱擁されたりする以外、だれともなれなれしくしないようにしてきた人間にとって、男女の深い仲となると、すべてが未知の領域だったからかもしれない。

それとも、オーレン・マクレーンがひどく精力的な押し出しの、セクシーな感じの男だったからかもしれない。彼女のような引っ込み思案の女性はほとんど経験がないので、セックスという微妙な事柄となると、マクレーンのような男性がどう出てくるか、はっきりと予測するのは難しい気がして心配になるのだった。

セックスについて知識はそれなりに持ち合わせているけれど、知識と実際の経験ではまったく違う。それにセックスの経験が多少あったとしても、彼との場合はまったくユニークなものになるだろうと、本能が警告するのだった。彼は原始の香りがし、完全に男性的で、並外れた自信家なので、ベッドの中ではひょっとしたら、ひどくダイナミックで野性的にもなりかねない。

マクレーンのような男性がなぜ私を選んだのかしら？　支配できる従順な妻が望みだから？　でも、彼ならもちろんだれでも支配できる。どんな女性も、そしてほとんどの男性も。上背のあるがっしりした体格と厳《いか》つい顔のせいで、自然にそうなってしまうのだ。だって、私と一緒のときでも、威張った態度を取ったことは一度もないのだから。そうする必要もないわけだ。目の光が一瞬わずかに強くなっただけでウエーターがすぐに応じたように、オーレン・マクレーンは、そうしたいとほんの少しほのめかすだけで、なんでも自分の思いどおりにできるのだ。

二人でレストランを出て、歩道の端の日よけの下で立ち止まってタクシーを待つ間、ステイシーはそんなことを考えていた。今夜は昨夜より暖かいけれど、マクレーンからも熱気が発散されているし、心配と不安のせいで、頬がいっそう火照って感じられるのかもしれない。

その上、泣きたいという、ばかげた衝動まで襲ってくる。いちいち覚えていられないほどいろんな点で私は打ちのめされてしまった。経済的に自立するのを恐れるのは恥ずかしいけれど、その恥ずかしさも恐怖心を克服する気になるほどではない。マクレーンが差しだしているらしい安易な救助の手にすがってしまえば、かえってもっとひどい目に遭うかもしれない。だがその不安も、私の性根に活を入れるほどではない。

こんなことになるはずではなかったのに。こんな羽目になるなんて想像もしていなかった。でも、こうなってしまった。ここ数カ月、次々とショッキングな発見をし、資産横領の犯人を何度も捕まえ損ね、ただ一つの災難も防ぎきれずに、だんだんに無気力になっていったのだ。

私のために確保しておいたと、祖父が信じて亡くなった、とびきりすてきな暮らしは、ほとんど霞《かすみ》と消え、残ったのは私が三十になれば手をつけられる信託財産だけ。それはまだ六年も先だし、手癖の悪い略奪者にかかれば、ほかのもの同様、巧妙な手品のように消えてしまわないともかぎらない。

それに私の財政状態を考えれば、その信託財産がいま役に立たないのなら、六年先でも二十年先でも同じかもしれない。祖父の弁護士は〝まことに遺憾に存じます〟と言うけれど、何も打つ手を持っていない。

マクレーンがタクシーのドアを開け、優しく中に入れてくれたとき、ステイシーは感謝の微笑をちらりと浮かべてみせることができた。マクレーンが体を横に滑り込ませてきて、彼女の後ろのシートに手を置いたので、暗澹《あんたん》とした思いからは気をそらされた。

どこに触れられているわけでもないのに、マクレーンの大きな体から発散される熱で、肩からくるぶしまで燃えるように熱くなり、気分もつい和んでしまう。熱っぽい彼の体に寄り添っていかないようにステイシーは懸命に我慢しなくてはならなかった。

彼にぴったりと体を寄せたくなるのが、なぜこんなにも自然なのかしら？　それは愛のせいではないはず。だって、愛はもっと繊細でデリケートな感情だもの。そうでしょう？愛は、がっしりした男性的な体に触れたいとか、たこのできたごつごつした手で優しく触れられたいとか、そういった切望ではない。いまのこの気持ちは、高尚で、どことなくロマンチックな感情とはまったく関係のない、ひたすら肉体的な衝動、つまり肉欲にすぎない。

そう、肉欲なのよ。とても強く激しく感じられるけれど、たちまち燃え尽きずにはいない欲望に駆られた一時的な何か。一方、愛は純粋で穏やかで甘く、頭や心で感じられ、長続きするもの。

肉欲は原始的で無節操で、卑しい感覚しか含まない。肉欲はいたる所にあるけれど、社会をもっとよい方向へ向けるのには役立たないし、結婚の基盤とは決してなり得ない。

金銭への喉から手が出そうな欲望も、そうだけれど。膝で手を組んで、ステイシーは、帰りの車中の暇つぶしに、何か差し障りのない軽い話題を提供したいという衝動に抗《あらが》っていた。二人の間にどれほど共通点がないかを、オーレン・マクレーンにいま悟らせておくほうがいい。

たいていの男性は、丁重な会話というような社交上の微妙な舵取《かじ》りは妻に任せるのがふつうだ。その役を彼に押しつけておけば、そういった点では私は当てにできないと少しでも早く感づき、私への興味も失われるだろう。

マクレーンや彼の田舎暮らしにもっと合った女性は世間に山ほどいる。だから、私のようなお軽薄なおばかさんにこれ以上の時間と思いを浪費させるのは、彼に対して罪というものでしょう?

# 3

黙り込んだままの二人を乗せて、エレベーターは上がっていく。お互いの間の緊張は階を過ぎるごとに高まっていくようだ。やがてあまりにも早くエレベーターは彼女の階に着き、二人は外に踏みだしていた。

今夜は、ドアの前で堅苦しく丁重に〝おやすみなさい、ミスター・マクレーン〟と言うだけではすまないだろう。食事からの帰りのタクシーの中で何かが起こった。ステイシーには、それが厳密には何なのか、どうしてそれを知ったのか、はっきりはわからなかった。ただ確かなのは、ある決定がなされ、マクレーンがそれに誓いを立てたということだった。

落ち着きを失わないようにしながら、ステイシーはドアのロックを外し、先に立って大きなアパートメントに入っていった。するとそこには、いっそうの沈黙と緊張があるように思えた。まるで、彼女の秘密が、発見されるのを恐れてひっそりと息をひそめ、それでいながら、いまにも隠れ場所から飛びだしてくるような、そんな気配が辺りに満ちみちている。

もちろん、どこにも何も隠れてはいない。代わりに、良心が彼女をちくちく刺して、その存在を誇示しているだけ。刺される必要は確かにあった。卑劣さが我が世の春を謳歌《おうか》し、今夜マクレーンがもう一度プロポーズしてくれるようにと、指をクロスして願いそうになっているのだから。

なぜなら、タクシーの中で彼女は決意したのだから。プロポーズを受け入れようと。それからアパートメントの建物に入ると、やはり断ろうと決めた。彼女の階に着いたとき、また決意を翻し、この人と結婚しようと決めたのだ。

せっぱつまった財政上の問題をマクレーンに知られないようにしないと。いまの状況の真相を、少なくともしばらくは隠しておけるだけのお金は残っている。でも、真相を隠しておくのは、やはり間違ってはいないかしら？

秘密、とりわけ私のように大きな秘密を抱えたまま結婚しても、うまくいくはずがないもの。こっそりと大きな男を眺めやり、彼女は思った。こんな人をだますなんてばかだわ。マクレーンが私に不満を抱いたり、私にがっかりしすぎたりしたら、二人で一緒に生きていくチャンスはゼロだもの。

マクレーンは開けっぴろげで率直で単純だけれど、だからといって、辛抱強く献身的で鷹揚《おうよう》だとはかぎらない。彼は私に期待を抱くだろう――大きな期待を。それははっきり言って何かしら？

自分にこれほど失望している人間が、彼を失望させないわけがないでしょう。分別はそう告げる。それに自分とあまりにもかけはなれた人と、しかもこんなにすぐに結婚するのは、トラブルを求めるようなものではないかしら？　これ以上のトラブルに巻き込まれる危険を冒さなくても、失敗や厄介ごとを近ごろは抱えすぎているというのに。でも、いまこの瞬間は、今週末までに起こりそうな状況や、そのあとに起こることに直面する以上の悲惨さは、想像もできないけれど。

私に対してとても親切で細やかな気遣いを見せてくれる、厳《いか》つくて自信満々の男性と夕べを過ごして与えられた安心感は、彼に触れられるのと同じほど抗《あらが》いがたいものだった。だからこそ、マクレーンとの結婚は深刻なトラブルにつながるかもしれない、という考えをつい捨てたくなるのだ。

それにマクレーンに抱かせられるような感じを私に抱かせてくれた男性はほかにはいない。それは、全体的に見て、かなり重要なことではないかしら？

広々とした居間に入って、座るように勧めると、マクレーンはソファーを選んだ。そして、その体の大きさに比べて、ソファーがどんなに小さく見えるかに気づいて、彼女は驚いた。

「何か飲み物でも？」ステイシーは尋ねた。飲み物だけは取りそろえてあるし、コーヒーならいれ方も知っている。

「ありがとう。だが、僕は話すだけでいい」

ずばりと言われ、二人の間の緊張がまたいくらか高まるのが感じられた。ごつごつした顔の表情は厳しく、真剣さがひしひしと伝わってくる。それは、この前プロポーズされたときと同じだった。

ステイシーは心中、少したじろいでしまった。この問題への心構えが、本当はまだできていなかったのだ。何をどう言えばいいのか自信がない。すべてに自信がない。これから先ずっと続く何かを選択する責任を私は負いたくないのだわ。ステイシーはふいにそう気づいた。

どちらを選んだにしろ、その結果が恐ろしいというのがその大きな理由だった。今度ノーと言えば、三度目のチャンスはないだろう。けれど、イエスと答えて、テキサスの荒野で暮らす男性の期待に私は添えるかしら？　しかも、その男性については、数カ月前、ほんの少し会っただけで、あとは今日インターネットで調べたわずかなことしか知らないのに。

マクレーンが大きな手を差しだし、〝さあ、おいで〟と言うように、口の片端を心持ち上げた。ためらいがちに、ステイシーはクリスタル製の大きなコーヒーテーブルを回っていくと、ひるむ心を励まし、冷たい指を、彼がしっかり握れるようにその手のひらにのせた。

マクレーンの手に温かく手を包まれ、導かれるままに、彼の横のソファークッションの端に腰をかけた。感覚がひりひりと研ぎ澄まされ、自分がひどくもろく感じられ、警戒心がかき立てられる。

そんな気持ちを隠そうと、彼女はお礼の言葉をぎこちなく急いでつぶやいた。「今夜はありがとう」

黒い瞳にまじまじと見つめられ、頭の中まで探られているような気がしてきて、頰に上ってくる後ろめたい火照りを抑えられない。マクレーンは雑談で時間をつぶしはしなかった。

「僕が何を尋ねたいかわかっているね、ミス・ステイシー？」

低くささやかれてびくっとし、真剣な光を帯びた黒い瞳から目をそらす。こんなことは早く終えてしまいたいのに、それでいて、いつまでも始まらなければいいのにと思ってしまう。今夜プロポーズされなければ、まだ何も決めなくてもいいのだから。先延ばしだけが、考えられるただ一つの道だった。

「ずいぶん……急いでいらっしゃるようね」

その言葉をどう取られたかと思い、ステイシーはマクレーンを見ずにはいられなかった。彼の真剣な表情からすると、先延ばしは許されないようだ。次の言葉でそれはいっそうはっきりした。

「人生は短い。僕は自分が何を望んでいるかわかっているんだから」

なぜこんなに急に……。事の唐突さに、ステイシーはいまもまた当惑してしまった。一目惚《ぼ》れという言葉は聞いたことがあるけれど、信じてはいなかった。それからふいに、二人は同じことを話していないのかもしれない、と気づいた。マクレーンが今回望んでいるのは、ちょっとした火遊びなのかもしれない。結婚をまた申し込まれると、勝手に思い込んだ自分がいまは恥ずかしい。彼にはそんな意図はまったくなかったのかもしれない。とりわけ、一度は断られているのだから。

「では、あなたの求めているのは、そのう、長い関係ではないのね」それに、結婚のプロポーズをたとえするつもりであったとしても、死が二人を分かつまでというような結婚の話をしているのではないのかもしれない。

厳つい顔にはなんの変化も表れなかったが、彼の声はいっそう低く耳障りに響いた。

「二人ともラッキーだとして、せいぜい五、六十年の関係だが」

どう取ればいいのかと、マクレーンの顔を探る。やはりこれは彼にとって一目惚れのケースだったのかしら？　タフなマッチョタイプの男性にはそういうことが起こるのかしら？　たとえそうだとしても、それは実際のところ、肉体的欲望にすぎないのではないかしら？　最初のプロポーズのとき、彼は私をよく知らなかったし、いまも知らない。だから、このことに彼の心が関《かか》わっているはずはない。

私の心は確かに関わってはいない。この人には興味も引かれるし、スリルも感じる。そして、そう、オーレン・マクレーンは私の助け船になりうる人。だけど、好きというだけで、それ以上の気持ちにはあまりなれない。いままで出会ったことのないような人だし、関心のありどころもきっと私とはずいぶん違っていて、一緒になってもしっくりいかないかもしれない。

私は、いつかは熱烈な恋もしたいし、お金や育ち、あるいは、ため息が出そうなほど退屈で冷ややかな感情に基づいた空疎な結婚は——仲間の多くはそんな結婚をしているようだが——どうにかして遠慮したいと思っている。だから、次のことだけは、どうしてもきいておかなくてはならなかった。それによって、マクレーンの考えへの手がかりも彼女は探っているのだ。

「愛についてはどうなんですか、ミスター・マクレーン？　二人の人間が、五、六十年も続く関係を誓うのには、まずそれを考えるのが何よりも大事ではないかしら？」

黒い瞳にあからさまな皮肉の影がちらついた。この人は決して単純な人間ではないのではないだろうか？　ステイシーは初めて疑った。

「まわりを見てごらん、ミス・ステイシー。多くの人が恋に落ちるが、また簡単に仲違《なかたが》いしてしまう。僕はむしろ、ごく自然な相性とか慎重な選択のほうに賭《か》けたいな。僕たちは相性はいい。残るのは選択の問題だけだ」

空いているほうの手で彼はいま、ジャケットの内ポケットを探っている。そして、それが出てきたとき、きらりと光るものが見えた。人差し指の先に、ダイヤモンドが一つはめられたプレーンな金のエンゲージリングが引っかかっていたのだ。

「僕はきみを選び、きみは僕を選ぶ」

そのリングからステイシーは目が離せなかった。シンプルだけれど、エレガントで、ひどく高価なものだ。すばらしい宝石類に目の肥えている彼女にはすぐにわかった。オーレン・マクレーンは、唐突にびっくりするような決断をするけれど、その裏打ちも徹底的にするらしい。これは、横柄さの表れ？　それとも自信の表れ？　それともその両方？

私はこれで安心したのか、それとも怯《おび》えさせられたのか、どちらかしら？　ステイシーは指輪から目を引きはなし、返事を促すようなマクレーンの視線を迎えた。

「まあ、驚いた」ステイシーは言った。ダイヤモンドを見つめ、それがまるで水晶球であるかのように、そこから何かを読み取ろうとしていた間、どれほど長く彼を待たせていたかにふいに気づいたのだ。「すっかり……決めてらっしゃるみたいね」

そして、私のことにもびっくりするほど自信満々なのね……。

「たぶん」たった一言で答えられ、ステイシーは彼のひどく真剣な顔を探った。「きのうも言ったように、きみのほうで事情が変わったかどうかを見てみるために僕は戻ってきたんだ。変わっていなければ、友人として別れよう」

〝ええ。でも二度とお会いできないのね〟ステイシーは反射的に胸の中でつぶやいていた。そしてその言葉から受ける感じに驚いた。マクレーンに二度と会えないと考えると、悲しみの小さな痛みが胸を走ったのだ。

彼は、今度もまた断られてもなんでもないように言っている。でも、それはここへ戻ってくると決めただけで、かなりプライドを殺し、恥を忍ばなければならなかったからだろう。三度目のチャンスはない。そのことはステイシーにもわかっていたが、はっきりそう言われなかったのは嬉《うれ》しかった。それもまた彼のプライドからだったろうけれど、余計なプレッシャーが省かれたことにステイシーは感謝した。

少なくともマクレーンからの余計なプレッシャーはなかった。しかし、自分の答えに何がかかっているかを改めて考えてみたとき、胸が押しひしがれそうな圧迫感をステイシーは感じた。私は財政的ににっちもさっちもいかなくなっている……。二人の間のドアを永久に閉めてしまいたくはない。そういう思いがふいに襲ってくる。彼が私に何を期待しているにしろ、いまは妻としての私の無能ぶりが気にならないほど、私を求めている。少なくともしばらくは気にならないほどには。ステイシーにはなぜかそれがわかった。

だって、私が彼のために料理をしたり、洗濯をしたり、家の中の掃除をしたりするわけではないでしょう？　そんなことは私にはできないと、彼にもわかってもらわなければ。それに、そんなことを彼は私に期待もしていないでしょう。私は彼の話し相手にはなれる。

彼の子供も産めるし、家事を取り仕切り、お客様もてなせる。

代わりにこちらは、子供を持つという、密《ひそ》かに夢見ていたチャンスが得られる。そして、二度とお金の心配もしないですむ。仮に、彼が本当はそれほど大金持ちでなかったとしても、少なくとも、住む家とかなりの収入はあるわけだし。それに二人で一緒にいるかぎり、私一人でトラブルに立ち向かわなくてもすむ。

オーレン・マクレーン本人が、私がいま抱えている以上のトラブルとなれば別だけど。

長すぎるほど返事をためらっていたらしい。親指で手の甲を落ち着かなげにさすられ、ステイシーは気づいた。マクレーンの大きな体が新たな緊張にこわばるのが感じられた。

「そうね」低い声でつぶやくと、黒い瞳のきらめきがほんのわずか強くなった。「でも……オーレン、私のこと、本当にあなたにふさわしい女だと思う？　私、牛や牧場のことって何も知らないし。自分の車さえ満足に運転できないのよ」

即座に彼の答えが返ってきた。

「僕のために働いてくれる人間なら、使用人がいる。僕に足りないのは、妻だ。それと赤ん坊」最後の言葉をぶっきらぼうにつけたして、ひどく長い間彼女の目をのぞき込んだ。

この人、まるでうそ発見器みたい。ステイシーはそんな印象を受けた。うそをついたらすぐに見破られてしまいそう。それに、すでに何かまずいことでも感じ取ったのかと疑いたくなるような様子で私を見ている。

真剣な調子でマクレーンが続けた。「きみが子供を産みたくないとか、子育てで僕に手を貸したくないというのなら、はっきりそう言ってもらえればありがたいんだが」断固とした口調で言う。

私が彼の子供を産み、その子たちを二人で一緒に育てるという問題は、この人にとってはとても重大らしい。絶対譲れない一線なのだ。ステイシーはそんな彼が好きだった。とても好きだった。私自身、子供時代の大半、両親がいなくてどんなに辛《つら》かったか。私の子供には、人生がこれまで私に与えてくれた以上のものを絶対に与えてやりたい。

「子供は私もとてもほしいわ。でも、私たちの間が、あの……うまくいかなかったら？」

「だとしても、愛し合っていると考えている連中よりも悪いということはないだろう」

彼女の手をのみ込んでしまっているような大きな手をステイシーは見下ろした。失ってしまった資産の話をしなくては。けれど、私がお金ほしさのあまり、プロポーズを受けようとしていると知ったら、この人はどう感じるかしら？

それを知ってこの人は傷つくかしら？　私への評価が落ちるかしら？　私はオーレン・マクレーンが好き。出会った瞬間から好きだった。ただ、愛していないだけ。そして、経済的に追いつめられ、いまは、この人が象徴している財政上の命綱のことしか、あまり考えられないだけ。

正直言って、これほど窮地に追い込まれていなければ、昨夜すぐにも、プロポーズを断ったはずだ。

私の身に何が起こったかを知ったら、きっとこの人は私のことを前ほどはよく思わなくなるだろう。マクレーンのような人は、まったく無防備に人に利用され、お金を取られるような、甘ったれのおばかさんには、なんの敬意も抱かないだろう。しかも私が怠惰な上に、自分勝手な楽しみにばかり耽《ふけ》っていて、こういう羽目に陥ったとなればなおさらそうだろう。

「あ、あの、私……ちょっとお話ししておかなければいけないことが……」

言葉が口をついて出てしまい、ステイシーはうろたえ、取り消したくなった。もちろんそんなことはできないけれど。それに、真実を隠しては生きていけないと、わかっていたはずなのだから。

オーレン・マクレーンは大きくタフで男らしく、感情の痛みをあまり感じないように見える。だが、一人の人間であることに変わりはないのだ。彼がいまどんな反応を示すにしろ、前もって真実を知らされていなくて、あとでそれを知ったとしたら、彼はきっと傷つくだろう。

私も、財産狙《ねら》いの男の人にお金のための冷酷なターゲットにされたくはない。マクレーンもきっと玉《たま》の輿《こし》を狙う女はいやだろう。マクレーンが数カ月前、私にあれほど惹《ひ》かれた理由の一つはそれかもしれない。あのときは私がお金持ちだったから、私がたとえプロポーズに応じたとしても、お金目当ての行為かどうか疑わなくてもすんだから。

沈黙が長引いた。話しておかなくてはならないことがある、と言ったのに対して、答えもコメントもまだ返ってこない。でも、私がその先を続けるのを用心深く待っている気配がひたひたと伝わってくる。感情がこみ上げてくるが、懸命にそれを表さないようにして、声も冷静に保とうと努める。この人に軽蔑《けいべつ》されるのもいやだけど、哀れまれるのもいや。声をさりげない調子にするのは大変だったものの、なんとかやってのけられた。

「あなたとは結婚できないわ、オーレン。あなたに対してフェアでないから」ステイシーは取られた手を引き抜こうとし、無理に引き止められなかったことにほっとした。そして、立ち上がって彼に背を向け、クリスタルのコーヒーテーブルを回って戻りかけた。

「なぜ、フェアでないんだ？」母音を引きのばした声が追いかけてくる。ステイシーは足を止め、両手を握りしめた。振り返って彼と向き合いたくない。目をのぞき込んで、彼の最初の反応をまだ見る勇気がなかったのだ。

宇宙のすべてがふいに耳目をそばだて、こちらに向きなおり、迫ってくる感じがする。実際に言葉を口に出すのはとても難しい。

「私……破産したも同然なの」とうとう白状する。涙ぐんでいるみたいに聞こえないように、声が小さく低くなった。一呼吸おいて、それから穏やかな視線を彼に向けた。「あなたを利用するのはフェアではないでしょう？　あなたと結婚すれば私の問題はすべて解決するかもしれないけれど、あなたの問題は倍増するわ」

マクレーンの顔がこわばり、彼の中に少しはあるだろうと――あってほしいと――思っていた傷つきやすい感じがすっと消えた。そして、身じろぎ一つせずに黙っている。その沈黙が数分続いたとき、ステイシーは言葉を継いだ。

「いま私がイエスと答えたとしても、あなたへの私の気持ちに、あなたは本当の意味で確信が持てないでしょう。私の気持ちが正直なものなのかどうか、私が愛しているのがあなたのお金だけなのかどうか」寒々とした笑みをステイシーは浮かべた。「お金があったとき、私はあなたがとても好きだった。それでも私はノーと言った。こういう状況下で、私は二度目のチャンスを受け入れるわけにはいかないの」

マクレーンが瞳を凝らした。「いまもまだ僕が好きかい？」

ふいを突かれ、ステイシーは一瞬、彼を見つめた。好きだからといって、彼にとってそれで何かが変わるわけでもないでしょう？

「あなたにふさわしいのは、あなたを愛しているから、あなたの指輪をはめる女性よ。あなたにお金があってもなくても気にしない女性。私はそんな女ではないわ、オーレン。本当に、そんな女ではないのよ」

最後の言葉を言うとき声がかすれ、熱いものが喉にこみ上げてきて、焼けるように頬が火照ってきた。それは、きまり悪さからというよりは、窮境から簡単に抜けだすチャンスを、マクレーンに対して卑劣な真似《まね》をしたくないばかりに、好きこのんで犠牲にしてしまったという思いが、大きな感情のうねりとなって体を駆け抜けたからだった。

それとも、オーレンに対して卑劣な真似をしたくないばかりに。彼のファーストネームは古風で、ナイーブな響きがある。この名前で呼ばれる人は、正直で善良で、他人が自分を裏切ったりだましたりするはずはないと思っているみたい。本人の動機が純粋なので、それほど立派でない人の動機を疑ってみようともせずに、貴重なものをだまし取られてしまうタイプ。

実際のオーレン・マクレーンは決してナイーブには見えない、でも、傷つきやすい面はどこかにありそうに思える。そうであろうとなかろうと、私の利己的な理由で彼をだましたり利用したりはできない。今度のことで私はほかに何も得られないとしても、今回ばかりは正しいことをしたと、自分を慰めることはできるだろう。

マクレーンが片手を上げ、上質のスーツの胸ポケットに美しいリングを滑り込ませて戻している。それを見ていると、いくらか緊張がほぐれてきた。夕べは速やかに終わりに近づくだろう。彼はここを出ていき、私はもう二度と彼に会うこともない。

これで終わったのだと思うと膝が震え、立っていられそうもなくて、彼女は安楽椅子に近づいていった。マクレーンがすっと立ち上がり、彼にとってはほとんどふつうの歩幅の一歩を踏みだしただけで、彼女の行く手を遮ってしまった。

軽く手を取られただけなのにそのショックが、震える膝に最後の追い打ちをかけ、くずおれまいとして彼の方に向きなおり、自由な手を相手のかたい胸に当てて支えにしなければならなかった。間髪を入れずに、黒髪の頭が下りてきて、所有者の刻印を押すかのように唇がしっかりと重ねられた。

強い腕で抱きしめられ、ステイシーはふいにつま先立ちになっていた。そして両腕が自然と彼の首に回され、激しいキスの猛攻撃にたちまち我を忘れていた。

いままでの二人のキスは、このひどく肉感的な唇の合わせ方に比べると、甘く慎み深いとさえ言えるものだった。まるでダムが、初めは彼の中で、それから彼女の中で、決壊したかのようだった。この人には圧倒されそう、という数カ月前の心配が杞憂《きゆう》でなかった証拠に、濃厚なキスが続く。大きな両手が大胆に、そして男の熟練した技で、彼女の体を愛撫《あいぶ》するにつれ、彼女の意志の力は、ティッシュペーパーを投げ捨てるような簡単さで、役立たずになっていった。

気づくと、マクレーンは安楽椅子にかけ、彼女は膝にのせられて、彼に熱っぽくすがりついていた。彼の両手は望みの場所を思いのままにさまよう。ステイシーは息を切らし、翻弄《ほんろう》され、骨のない震えるかたまりのようになっていた。

意識を失うかもしれないと思いかけたとき、唇が離れていき、ステイシーは胸にしっかりと抱き寄せられた。二人の体は共に脈打ち、過度に高まった興奮のまだ冷めやらない心臓が大きな音をたてて鼓動し、どちらの動悸《どうき》もなかなか正常には戻りそうになかった。

マクレーンは彼女の額に、それから髪に、熱烈なキスをし、顎を彼女のこめかみのすぐ下に休めた。彼女の耳に焼けつくように熱い息がふっとかかってきた。

「きみのものは売ってしまいたいかい？　それとも船でテキサスに送る？」

しっかりとステイシーは目を閉じた。いまのようなキスをしてしまえば、それは彼に屈服したも同じだ。そしてマクレーンは勝利を宣言したも同然だ。

甘くかすかな希望の光が瞬きながら灯《とも》る。私が破産したことを彼は知っている。それでも結婚したがっているのだ。私が彼を愛していないことも知っているのに。それも彼にとっては問題ではないらしい。オーレン・マクレーンにとっては何が問題なのかしら？

顔を上げて、彼との間にいくらか距離を開けようとする。だが、しっかり抱き寄せられていて、ほんの少ししか開けられない。視線が合った。これほど近いと、彼への深いつながりが感じられてくる。火照った頬にほつれ毛がかかり、彼が手を上げて、それをもとの場所に優しく戻してくれた。

「僕のほうもきみに知っておいてもらわなくてはならないことがあるんだ」マクレーンが言った。声が低く耳障りに響く。「僕はきみが困っているといううわさを聞いて、きみにまた会う、この上ないチャンスかもしれないと思った」黒い瞳が彼女の唇に束の間《つかま》落ちてから目に戻った。「気に障ったかな？」

ステイシーは驚き、上の空で首を横に振った。「よくわからないわ」人生が、いまはまだ完全には想像のつかない形で変わろうとしているという思いと、さっきのキスで、頭がくらくらして、本当によくわからなかったのだ。

「だから、利用するという言葉を使うなら、僕のほうこそそうかもしれない」

ステイシーはまた少し彼が好きになった。なんて正直な人なの。二人の間に本当の信頼の兆しが、まだ頼りなげだけれど、芽生えはじめるのが感じられた。

「祖父の下で十年も働いてきた人に、私のお金を盗んで、こんな羽目に私を陥れるように、あなたが仕向けたんではないでしょうね？」彼がそんなことに少しでも関係があると、本当は信じていたわけではないが、彼がなんと言うか聞きたくて、ステイシーは黒い瞳を探った。

「気弱になっている女を捕まえるという罪を僕は犯したかもしれない。だが、ちくしょう、僕は破産させてまでその女に結婚を強いるような真似をする男ではない」

ああ、どうしよう。そんな卑劣なことができると一瞬でも疑われたかもしれないと考えただけで、この人は怒ってしまったらしい。黒い瞳には、間違いようもなく、怒りの炎が燃え上がっている。

ステイシーは謝罪の言葉を口に出さなかったが、その代わりに彼の胸に手を当てた。「私「話してくださってありがとう」ちらりとほほえんでみせたものの、頬が引きつった。

たち、こんなにもお互いを知らないのよ、オーレン。こういうことで結婚を始めても、うまくいくはずがないわ」

かたく一文字に結んだ彼の口元が、いまはかすかな微笑に歪《ゆが》んでいる。強い自信が感じられ、ステイシーはそれが羨《うらや》ましかった。

「大丈夫だよ、ミス・ステイシー」彼はまた胸ポケットに手を入れて、指輪を取りだした。「僕にはめさせてくれるかい？」

その指輪をステイシーは見つめた。彼の親指と人差し指に挟まれて、滑稽《こっけい》なほど小さく見える。私は世界一の詐欺師かもしれないと感じながらも、ひるむ心をねじ伏せ、ステイシーはうなずいた。

左手が取られ、薬指がそっと選ばれ、美しい指輪が器用にするりとはめられた。

そして抱き寄せられ、いままでいちばん甘くしっとりしたキスが唇に印《しる》された。それを台なしにしてしまう、不安と恐怖の小さなすすり泣きがもれそうになったが、マクレーンが去っていくまでなんとかこらえることができた。

そのあと、絨毯《じゅうたん》をすり減らすほど歩きまわったあげく、彼女はようやくベッドに入り、明かりを消した。暗闇《くらやみ》に長い間横たわり、結婚の約束をしてしまって果たしてよかったのかしらと、くよくよ考えた。そして、夜も半ばを過ぎたころ、オーレン・マクレーンとの結婚はすばらしい出来事で、これまでの最高の決断の一つになるかもしれないと自分を納得させた。

あの最後のとき、私は別に結婚を決意したりはしなかったと思いだしたが、気にしないことにした。本当は、なんとなくそうなってしまったのだけれど。オーレン・マクレーンのプロポーズを断るための強硬な主張を、相手に対しても自分に対しても展開するだけの、意志も根性も私にはなかったというだけだ。

それに本当は断りたくなかったのだ、という考えにステイシーは慰めを見つけようとした。いまもまだ彼は、私の出会った最高にスリリングな男性に変わりはないのだから。

そして、最高に抗いがたい男でもあった。

# 4

マクレーンほど手際のいい男にもステイシーはいままで会ったことがなかった。彼女の持ち物すべてを荷造りしてテキサスに送りだすのに必要な人手と器材を、まるで戦場の老練な将軍のように調達してくれたのだった。ステイシーも、引っ越し業者に、月曜日に来て荷造りを始めてくれるように、と頼んではあった。しかし、彼女に代わってその業者と話し合い、送り先を変えてくれたのはマクレーンだった。倉庫との保管契約をキャンセルしてくれたのも彼だ。

月曜日の朝一番には、彼女を連れて結婚許可証を取りに行き、それから木曜日の早朝の簡単な挙式と、それに続く、彼女のごく親しい友人だけを招く披露宴のブランチの手配もしてくれた。

披露宴が終わり、午後一時には二人はすでに飛行機でテキサスに向かい、午後遅くにサンアントニオに着いていた。手荷物を受け取り、それをマクレーン家のセスナ機に積み替えてサンアントニオを飛び立ち、マクレーン牧場に着いたのが午後六時過ぎだった。

牧場の中心部は、予想を遥《はる》かに超えるほどすばらしいものだった。木々や納屋や馬小屋、それに、広大な網目模様をなす――ここにもまた木々が散在していたが――木製やスチール製の柵《さく》囲いの放牧場といったものに目を見張るタイプの人にとっては。その中心部からは四方八方の彼方《かなた》まで、幾つもの丘や平原がえんえんとつながり、飛行機の上からでも、それは果てしがないように見えた。

赤い屋根瓦《がわら》の母屋は、日干し煉瓦《れんが》製の大きな平屋で、木陰の多いパティオを取り囲む形で、太いC字形に広がっている。ここまで飛んでくる途中、眼下にあった幾つかの牧場と違い、プールはどこにも見あたらなかった。しかし、牧場の建物群からそう遠くない所に流れる小川が、木陰の多い地点で、自然のプールをなすように広がり、またすぼまっている。

木の少ないテキサスの、茫漠《ぼうばく》とした広がりが醸しだす隔絶感は、世界でも指折りの大都会でしか暮らしたことのない女には、心をかき乱されるものだった。テキサスは広大で、マクレーン牧場はその大きな一部を占めていた。

ニューヨークから遠ざかるにつれて、ステイシーはいっそう緊張し、落ち着かなくなっていったのだった。ただ、マクレーンがいつものように自信に満ちて悠然としているので、少しは安心感が与えられはしたけれど。

それにステイシーは、彼をがっかりさせたくないと心底から願い、その思いに気を取られてもいた。財政上の危機に救いの手を差しのべてもらったからではなくて、これほど他人のために献身的に尽くす人に出会ったのは初めてだったからだ。とりわけ、それだけ彼女に尽くしても、十分に報われるかどうか、はっきりした確信もないというのに。

きのうは、マクレーンの気が変わったのではないかと思いそうになったときがあった。彼女が結婚を承諾してからずっと、マクレーンは奇妙によそよそしかった。引っ越し業者や荷造り、それにこちらの先取りをして、細々したことにまで気配りをしていたからかもしれないが、やはりステイシーは心配だった。財政的な事柄については、彼女自身が、横領事件捜査の進展を警察に問い合わせに行ったりして、し残しのないようにした。

マクレーンに、引っ越し業者への指図は引き受けたから、その間に友人に会ってくるようにと勧められ、彼の言うとおりにしたので、二人きりの時間はいっそう減った。だが二人きりになっても、彼の触れ方は淡々としていて――触れられたほうはそうではなかったけれど――キスも同様にそっけなく、冷ややかだった。

ほしいものが手に入ったので、数カ月前のような求愛のポーズを続けることに関心がなくなった、といわんばかりだった。すぐにも二人は結婚するのだし、彼女の持ち物はすべて記録的な速さで荷造りされ、テキサスへの途上にあるのだし、彼女の心変わりをマクレーンが心配する必要がないのは当然だった。

しかし、彼女がマクレーンと同じホテルにきのう移り住んだときの、いっそう度を増してきた彼のよそよそしさは、もう無視できるものではなかった。真向かいの部屋を取ったのに、彼は自分の部屋から出てこようともしない。それでも初めは、彼の古い倫理観の――口に出しては言わないけれど――表れなのだと好感を持った。だが今日、式を終えてからも、マクレーンは堅苦しいまでによそよそしかった。

それでいっそうステイシーは、彼に対して自信がなくなり、今夜のことも、結婚初夜だけに、不安になるのだった。

今週、マクレーンはずっと礼儀正しかった。でも、いまはもう二人は夫婦なのだから、それほど慎重に肉体的なよそよそしさを保っている必要はないのに。だが一方で、彼女はほっとしてもいいはずだった。二人がもっとよく知り合うまで、ベッドを別にしたいと、この一週間ずっと願っていたのだが、それを言いだせないでいたのだ。

マクレーンにはとても深い恩義を受けているので、こちらにまだその心の準備ができていないとしても、夫としての彼の権利を拒むわけにはいかない。でも、彼はそれについてどう考えているのかしら？　妻をお金で買った気でいるのかしら？

そう考えると、こちらはいっそう、お金で身を売ったような感じがしてくる。それもあって、彼女は荷造りや引っ越し業者の費用や、自分の持ち物の船便代も払うと言い張ったのだった。ホテル代も含め――何泊にもなれば無理だけれど――自分の費用は負担することが、彼女にとってはとても大事だった。

指輪はマクレーンに買ってもらったし、結婚許可証の費用や二人を結婚させてくれた判事への支払いも彼がした。二人の食事代もすべて、さらに、シンプルだけれど申し分なくエレガントなブランチ式披露宴の費用も、彼が支払った。しかし、それ以外に残っている幾つかの花嫁としての負担分は払おうと彼女はきっぱりと決めていた。

その中には、マクレーンの左手に結婚指輪をはめるための、これを最後の豪勢な散財も含まれていた。指輪のサイズは、間違いのないように、こっそり観察しておいた。マクレーンの黒い瞳が驚きにきらりと光り、喜んでもらえた証拠に、にっこりされて、彼女も報われた。

彼の好みがよくわからなくて、風変わりな彫り物のある金の指輪を思いきって選んでみたのだ。彫り物のデザインがとても南西部的でネイティブアメリカン風に思え、一見しただけで、万一カウボーイが指輪をはめるような気になることがあれば、これを選ぶだろうと考えたのだ。マクレーンがその日ずっとそれをはめていてくれたので、少なくともその点では彼女はほっとしたのだった。

セスナ機は、牧場の建物群から一キロ半ばかり離れた滑走路にスムーズに着陸した。しかし、ステイシーの神経はそれとは痛ましいほど対照的に、ぴりぴりした。どんな社交の場でも恥をかかないですむように育てられてきたけれど、ここではまるで水を離れた魚だと、ふいに気づいたのだ。物心ついてからの密《ひそ》かな自信のなさや、人に気に入られなくてはという思いに――最近の財政的失敗は言うまでもなく――しだいに気分が落ち込み、自分がどうしようもないおばかさんに感じられてくる。

ここに着いたばかりで、まだ何に直面したわけでもないのに！　ここの人たちはいままでつき合ってきた人たちとはまったく違うタイプだから、私はきっとひどく不利な立場に立たされるだろう。ずっと抱きつづけてきたそんな不安が、波のようにどっと押し寄せてくる。第一印象はとても大事だから、いい印象を与えたいと、ふだんよりいっそう切実に願ってしまう。

とりわけ、ニューヨークではマクレーンのすることすべてが私に投影されたように、ここでは私のすることすべてがマクレーンにはね返るのだから。幸い、マクレーンは私の親しい友だち全部をすっかり魅了し、どんな場でも非の打ち所なく振る舞ってくれた。私も同じようにできるかしら？

「顔色が悪いね、ダーリン。小型機には酔うほうなのかい？」

ステイシーは彼の方をちらりと見た。こちらをまじまじと見つめている。まじろぎもせずに顔を探っている視線からすると、どんな微妙な表情の変化も見のがさないみたい。うそをつく気はないけれど、真実を全部話したくもなかった。

「少し不安なだけ」

彼が手を取って優しく握りしめてくれた。「緊張しないで。きみなら、鼻に大きなゴムボールをくっつけて、道化の衣装で飛行機を降りていっても、きっとみんなに好かれるから」

そんな自分の姿を思い描き、スティシーは思わずくすっと笑ってしまった。すると、彼がまた手を握りしめてくれた。厳格な形の口元にも笑いがちらついている。

「その笑い声、ちょっとした音楽のようだよ、ミス・スティシー。もっとしょっちゅう聞かせてほしいね」

それからマクレーンは握っていた彼女の手を放し、安全ベルトのバックルを外して、座席から器用に抜けだした。そして、彼女の後ろに回り、レバー操作でドアを開けたかと思うと、まだ年端のいかない子供を扱うように、彼女をセスナ機から助け降ろしていた。

スティシーが地上に降り立つころには、一台のピックアップトラックが牧場の建物群からこちらに疾走してきていた。背後に砂埃《すなぼこり》が舞い上がり、それがゆっくり牧草地を横切ってくる。マクレーンはすでに荷物をセスナ機から下ろしはじめており、スティシーはどうしていいかわからずにただ突っ立っていた。

彼女が旅行着に選んだ黄色がかったピンクのリネン地のスーツや、同色の華奢《きゃしゃ》なヒールのパンプスは、路面にまだ暑さの残る滑走路にも、セスナ機や埃っぽいピックアップトラックに乗るのにもまったく不向きだった。セスナ機に乗り、最後の仕上げにトラックに乗るなどと、初めからわかっていれば、もっとスポーティーな装いをしてきたのに。そのことがわかったときは、もう手遅れだった。着ているものにはいつも神経質なだけに、汚れないようにしたり皺《しわ》が寄らないようにするのにかなり苦労しそうだった。

それに、汗でべっとりしないようにするためにも。もう夕方の七時近いはずなのに、空気はまだ焦熱地獄の暑さだった。すでに汗が噴きだし、ここ何週間かのストレスと、この数日の心配やプレッシャーで、体が急激にぐったりしてくるのが感じられた。

ピックアップトラックがスピードを落とし、滑走路の縁を飛び越えて中に入ってきた。砂煙も一緒にもうもうと渦巻きながら押し寄せてきて、セスナ機を包んでしまった。ステイシーは頭からつま先まで、砂埃が降りかかってくるのを感じた。

「相変わらず雨不足のようだね」荷物に手を貸そうとピックアップトラックを降りてきた運転手にマクレーンが言っている。

二人の男は荷物をピックアップトラックの荷台にたちまち積み上げた。マクレーンは、ジェブという名前の牧童にステイシーを紹介し、車の助手席側のドアを開けて、彼女が乗るのを助けようとその手を取った。セスナ機のときもそうだったように、スーツのスカートがぴったりしすぎていて、足が上げにくい。ステイシーはスカートをこっそり引き上げて乗り込もうとした。しかし、マクレーンの腕が腰に回され、シートに器用に抱え下ろされてしまった。急いで真ん中に体をずらすと、すぐに二人の男が両側から乗り込んできてドアを閉めた。

ながら言う。

「住まいの配線替えはバートが手配してやらせました」ジェブがトラックのギヤを入れ

「例の去勢馬はもう届いたかい？」

「奴《やつ》は道中があまりお気に召さなかったらしく、柵囲いに入れたんですが、柵をばらばらにしちまいそうなんで、スチール製の畜舎に入れておきました」

ぶっきらぼうな質問と答えが母屋に着くまで続いた。ステイシーは話の内容がよくわからず、のけ者にされた感じがした。そして、この一週間、マクレーンと二人きりで過ごした時間を自分がどんなに楽しんでいたかに気づいてびっくりした。いまはマクレーンに無視されたも同然のように思え、少しばかり気持ちが傷ついた。

たぶん、知らない話題が次々と、そっけなく手当たりしだいに語られるからだろう。住まいのこと、去勢馬、西の牧場、タンク、はずみ車、蹄葉炎《ていようえん》。マクレーンには答えになっていても、こちらはいっそう疑問が増えるばかりで、ますます水を離れた魚の気分になってくる。いま話されている事柄がなじみのないものではなくなり、すぐに理解できるようになってくれるといいのだけれど。

平屋建ての母屋に着いたとき、ステイシーはすてきな造りの家がすっかり気に入った。たっぷりした広さが人の心をくつろがせ、何代にもわたってマクレーン家の続いてきたことをうかがわせる、荘厳さと耐久性を備えていた。

マクレーン家が四代にもわたる牧畜業者だという当人の言葉を疑っていたわけではないが、これほどスケールの大きなものだとは期待していなかった。何代も続いたアムハースト家の資産を失った身としては、別の家族のものにしろ、長く持ちこたえてきた世襲財産にいままたつながりが持てたことは、ささやかな慰めだった。

マクレーン家の世襲財産は誇るに足るもので、これからも長く続いていくだろう。オーレン・マクレーンは、それを忠実に守り、さらに増やすための彼の役割を、おそらく十二分に果たしてきたのだ。そのはっきりした証拠を見せられて、ステイシーはやましさの鋭い痛みを感じた。私は、アムハースト家の世襲財産を増やさなかったばかりか、うかつにもそれをなくしてしまった。警察は私を犠牲者と見なしているけれど、私は自分に咎《とが》がまったくなかったとは決して思えないだろう。

マクレーンとの結婚で、自分のしたことへの全刑罰から逃げてしまったような気が彼女はふいにしてきた。これは一種のいかさまではないかしら？　破産の深刻な結果は乗りきれたものの、いままでずっと感じてきたやましさは、少しも癒《いや》されてはいないのだ。

お金のためにマクレーンと結婚しただけでも十分許されないことなのに、同時に私は、保護と生きる目的のようなものを求めて結婚したのだ。お金があるときは、人に守ってもらおうとか、生きる目的を持とうとか、そんなことはほとんど考えもしなかったのに。

現代女性は自分で自分を守ろうとする。それに、目標やゴールも自分で決め、その実現に向けて努力していく。そんなことをだれかに頼りたくて、刺激的なよそ者と結婚したりはしないだろう。

ここ数カ月の自分の非をどんなにか責めてきた。だが、非難のリストに、いま気づいた性格上の欠陥をつけ加えていくにつれて、その責めがまた新たな勢いで襲いかかってきた。ピックアップトラックが大きな家の前で止まるころには、ステイシーの気分はいつもよりなお落ち込んでいた。

二人の男がただちにトラックを降りたので、ステイシーもそうしようとベンチシートの端に体を滑らせた。マクレーンが振り向いてその手を取った。また腰を抱いて降ろされそうになり、ステイシーは鋭い苛立《いらだ》ちを感じた。

ニューヨークでも、ここへ来る途中でも、壊れやすい磁器のように扱われるのが気に入っていたのに、いまふいにそれがいやになったのだ。落ち込みから怒りへの感情の揺れは、かなりのショックだった。いつもはレディーのように振る舞おうと気をつけているので、怒りは抑えるようにしているのだが、いまは怒りが鞭打《むちう》ちのように鋭く感じられる。本当のところその怒りは、マクレーンよりは自分に向けられたものだったが、引き金になったのは、彼の細やかな気遣いだった。

その上、数カ月もの信じられないような感情的トラウマのあとに、また常軌を逸した一週間を過ごした。ようやくほっとしたいまになって、予測のつかない感情の揺れがしばらくは続くのかもしれない。ふだんどおり振る舞っていれば、束の間《つかま》の激しい怒りや憤りの噴出もそのうちなくなり、生気に欠けたいつもの気分に戻っていくのだろう。

マクレーンは、荷物を運ぶのは手伝わずに、正面玄関の道へと彼女をエスコートしてくれた。母屋の前面沿いのアーチで覆われた道を進んでいくと、その先は奥行きの広い石畳のベランダになっていた。所々に置かれた植木鉢には、温室咲きらしい鮮やかな赤のゼラニウムがぎっしり植えられ、ベランダに彩りを添えている。両開きの玄関のドアも、その花の色にマッチした、光沢のある真っ赤なペンキ塗りだった。

石畳のベランダに上がってドアまで来ると、マクレーンはつないでいた手を放し、ドアを大きく押し開けた。次の瞬間、彼はステイシーを抱き上げていた。

「さあ、我が家だよ、ミセス・マクレーン」ぶっきらぼうに言い、それから熱く激しいキスをした。プロポーズの夜からこちら、そんな熱烈なキスがないのをステイシーは寂しく思っていたのだ。

息をのむほどの、肉感的な感触や感覚の刺激に、それまでの変わりやすい感情がなんであったにしろ、すべて焼き尽くされてしまった。正面玄関の道を後ろからやってくる牧童を気にしたかのように、マクレーンは唐突にキスをやめ、ステイシーが目をまだ十分に開けきれないでいるうちに、敷居をまたいで、彼女を中に運び入れた。キスのあとは、どこに運ばれても彼女はあまり気にならなかった。ただ気になったのは、マクレーンが一触即発の何かを始め、物足りなさを残して、それをふいにやめたということだけだった。

ステイシーはマクレーンほど早くは落ち着きを取り戻せなかった。下に下ろされたときは、膝から驚くほど力が抜け、彼が支えていてくれなかったら、玄関ホールのかたい石畳の床にくずおれてしまったかもしれない。キスをされて気絶しそうだった瞬間も含め、牧童にすべてを見られてしまったのが恥ずかしい。ステイシーはマクレーンを少し押しやるようにして体を離すと、背を向け、頬の火照りを隠すために辺りを見まわすふりをした。

玄関ホールは、すてきなテーブルや彼女の背丈より高いサボテンすら入りそうなほど大きな壺《つぼ》などが置かれ、インテリア雑誌から抜けでてきたようだった。テーブルの向こうの壁の中央には、大きくてどっしりしたビクトリア朝風の鏡がかかり、その反対側の壁を飾っている油絵には、日の照りつける草原がまわりに広がる、古風なキャビンのポーチに、一人たたずむ女性が描かれていた。女性は、下にペチコートでもはいているかのようなふくらんだスカートの、いわゆるプレーリードレスを着ていた。マクレーン家の先祖の一人かしら？

尋ねる暇もないうちに、ステイシーはマクレーンの勧めで玄関ホールの化粧室にさっぱりしに行き、そのあと大きな家の中を案内された。それはまず、料理人のアリスと家政婦のコニーへの紹介から始まった。アリスは牧童頭の妻で、コニーは牧童の一人と結婚していた。驚いたことに、二人とも、母屋ではなく、牧場内にあるそれぞれの家に住んでいるということだった。

マクレーンの案内で家の中を見てまわるにつれ、ステイシーはその色調や力強い感じがたちまち気に入ってしまった。ニューヨークの彼女のアパートメントの、白とパステルカラーの優雅で女らしい雰囲気とは対照的と言ってもいいほどだったにもかかわらず。黒っぽい色調の木の床が、鮮やかな色の厚く織られた何枚ものラグを際立たせ、そのラグは、どっしりした男性的な家具ともマッチしていた。

女性らしいタッチ――装飾用クッションや花瓶に生けられたシルクの造花、あちこちの襞《ひだ》飾りやレース、一枚の水彩画など――も所々に見られる。だが、西部の風景の数枚の油絵など、全体から受ける印象は、男性を頭に描いて家具調度を選んだ、明らかに男性の住まいだった。

何世代も前からのものらしい数点の家具など、すべてが堅固で耐久性に富んでいるように見える。こういう家なら、アウトドアタイプの人たちや牧場主たちも、自分を、陶器店に入った雄牛のようなはた迷惑な乱暴者とは少しも感じずに出入りできるだろう。何もかもが非の打ち所なく清潔で、手入れが行き届き、マクレーン家で働く人たちが、自分たちの仕事に誇りを持っているのがよくわかった。

そのすべてにステイシーは思いがけないほど満足した。とりわけ、エアコンがついているのが嬉《うれ》しかった。キスが終わって、マクレーンに玄関の床に下ろされてからすぐに、家の中のありがたい涼しさに気づいたのだ。おかげで、テキサスの暑さに抱いていた心配は消えた。

主寝室はほかの五つの寝室よりずっと大きく、まるでスイートのようだ。フレンチドアのそばには朝食用のテーブルがあり、部屋の片隅には、大きなベッドの足元と向き合って、背の低いソファーと安楽椅子が一脚ずつ置かれている。そのすべてから、彼女には心の準備がまだ全然できていない、夫婦間の親密な関係といったものがにおってくるのだった。明らかに男性の趣味と快適さを念頭に置いて造られた家の中に、ウオークインクロゼットを二つも見つけてステイシーは驚いた。

「きみの、その顔ときたら」マクレーンが言った。ぱっとそちらを見ると、彼の目がおもしろそうにきらきらしていた。「きみのほうのクロゼットが手狭になったら、僕のクロゼットも使っていいよ。僕のものを何枚か下げる場所だけ残しておいてくれたらね」

黒い瞳のきらめきは、彼女の膨大な手持ち衣装がどれほどショックだったかを物語っている。彼女の衣装が全部荷ほどきされて吊《つる》されたら、そのあとクロゼットに少しはスペースが残るだろうかと疑っているらしい。

「私のものを全部ここに置いておく必要はないわ」ステイシーは言った。でも、シーズンオフや余分の衣装はどこにしまえばいいのかしら？　これだけ大きい家なのだから、どこか人目につかない所に物置ぐらいはあるはずだけど。それともそれは、家からずいぶん離れた、六台収容できる車庫の上にあるのかもしれない。でも、衣装をいくらか処分することを考えたほうがいいだろう。

その思いつきは驚きだった。いままでは、実際にまだ着るか着ないかは別として、どんな衣装も手放せなかったのに。それは家具を、とりわけ先祖伝来の家具を売ろうとは考えられなかったのと同じ、一種の感傷癖だった。

いま、オーレン・マクレーンの住まいを見ていると、少なくともいくらかの希望は生まれてくる。アムハースト家のアンティークの幾つかがそこここにいい趣を添えるかもしれない。それに、陶磁器やクリスタル類はもてなしに利用できるかもしれない。牧場主の家《ランチハウス》でどれほどフォーマルな催しが行われるかはわからないけれど。食堂はかなりフォーマルな感じだったし、私の装飾用のクリスタル製品は使い道があるかもしれない。

頭の中で自分の持ち物をマクレーン家のインテリアにフィットさせていくのは、自分自身をフィットさせていくよりは簡単だった。さっき、玄関の鏡をちらっとのぞいたとき、プレーリードレスの女性と並んで自分の姿が映っていたけれど、ひどく都会的で場違いに見えていた。男性的な色彩の部屋を背景にしても同じように場違いに見えるだろう。

それで、マクレーンと自分との対比もまた思いだしてしまった。彼は大きくて厳《いか》つく、髪は黒く肌も褐色だ。私は小さくて、見るからにか弱そうで、色白で、髪はブロンド。彼はタフで男らしさの権化のよう。私はなよなよして、完全にフェミニン。

この対比なら理想的と考えられるけれど、それはもっと好ましくない相違の長いリストの前奏曲にすぎない。二人の育った環境もこれ以上ないほど違っている。感じ方や考え方、興味の対象も、両極端なほどかけはなれているにちがいない。際立った対比が、いままでよりなお胸にこたえ、ステイシーは茫然として激しいショックを感じた。

私は何をしてしまったのかしら？　本当はバニラアイスクリームがほしいのに、ストロベリーアイスクリームを求めてしまった子供みたいな気がふいにしてきた。せっかくご馳《ち》走《そう》してもらったそのアイスクリームの中に、ストロベリーの味を感じたか、それとも小さなストロベリーの粒を見つけたかして、ふいにそれがほしくなくなったのだ。ストロベリーを拒否してバニラに替えるのは、いままでなら自由だった。しかし、いまは結婚してしまったのだ。そして私のバニラの人生は永久に消えてしまった。

似たようなことがほかにもいろいろある。私はいままで大人である必要が本当は一度もなかった。少なくとも大人の責任を持った大人ではなかった。いちおう大人ではあったけれど、大人だからこうでなければならないとは言われなかった。たいていは特別扱いに甘えていられたから。でもいまは、この人、子供であったことがあるのかしら、と疑いたくなるほどの大人と結婚してしまった。しかもマクレーンは立派な大人であるだけでなく男の大人なのだ。

クロゼットの開いた戸口にもたれて立っている彼の、黒い瞳の熱っぽさ以上に大人を感じさせるものはなかった。大きな指をジーンズの前ポケットに突っ込み、こちらを上から下までじっくりと眺めている様子といい——またゆっくり下から上に戻ってきた視線はもちろんだけれど——オーレン・マクレーンは性的魅力の化身だった。

「きみは、いまにもパニックを起こしそうな淑女といった風情だね」語尾を引きのばしてゆっくり言われ、ステイシーはまさにパニックの羽ばたきを感じた。

「私、考えていたの……二人はお互いとても違っていると」彼に対してできるだけ正直であろうとしてステイシーは言った。

「僕たちはそう造られているんだ」声をいっそう低くしてマクレーンは先を続けた。「僕がそれをどれほどすばらしいと思っているか、きみにはとうていわからないほどだよ」

性別の意味で言っているのだろう。それはそのとおりなのだが、私は二人の性別の話をしているのではない。そういった点だけの心配なら、もっと気楽にしていられただろう。男女の交わりということに関しては心配ではあるけれど、男としての彼にはいままでのところスリルを——そう、とても強いスリルを——感じている。でも私たち、すべての時間をセックスとか男と女の問題にだけ費やすわけではないでしょう？　この地球上のほかの夫婦同様、二人はほとんどの時間をベッドの外で共に過ごすわけだし、そうなると二人の間には結婚許可証以外、共通の基盤はほとんどないのだから。

「私は、必ずしもそういう意味の違いを話していたのではないの……」思いきって言ってみる。

「僕にはそれ以外のことは考えられないんだが」

とっさに言い返され、ステイシーにもそれ以外のことは消えてしまった。すると、ふいに、彼とベッドを共にし、結婚を完全なものにするという差し迫った問題についての心配が浮上してきた。

近ごろは、人生のどんな問題にも気楽でいられなくなってしまったのかしら？　両側から壁の迫る狭い迷路に押し込められた鼠《ねずみ》の心境だわ。いままでよく知っていた、安全と自由の世界へ到達しようと必死になるのだけれど、次々と曲がり角を間違えて、永久に脱出への道が見つからない運命にあるみたい。

マクレーンが片手をジーンズの前ポケットから出して、その手をこちらに差しだした。黒い瞳に促され、自分の手をその手に重ねると、たこのできた温かい手はたちまち効果を発揮し、ステイシーの体に興奮のうずきが走った。

「僕たち、あまり遅くならないうちに夕食にして、アリスを家に帰してやらなくては。それに、こんなに近くにベッドがあると、きみの魅力に抗《あらが》えなくなりそうだ」

率直な言葉は、ひょっとして結婚初夜を引きのばせるかもしれないという彼女の抱いていた希望は、むなしい夢にすぎないと宣言しているようなものだった。でも、それは初めからわかっていたのではないかしら？　マクレーンのような男性は自分のものとわかっている何かを、いたずらに待ったりはしないはず。

二人は今日結婚し、今夜その結婚は成就される。マクレーンのように実際的で自信に満ち、抗いがたいほど男性的な男にとって、それはとても単純なことなのだ。おまけに、自分にはその権利が完全にあると、少なくともある程度は考えているかもしれない。でもその理由が、妻を金で買ったと考えているからか、それとも、ニューヨークへ手間暇かけて戻っていってまで求めた女を妻としたからかはわからない。後者であってほしいけれど、それがどちらかをはっきり知ることは決してないかもしれない。いま、ふとステイシーは思った。

やはり、彼に頼らずに、勇気を出して自力で未来に直面すべきだった。

驚いたことに、マクレーンは彼女にキスはしなかった。ただ片手を取り、手のひらに長く唇を押しつけていた。その間ずっと彼女の顔を見守り、やがて唇を離したとき、黒い瞳の中の何かが変わった。それから、廊下のドアの方へ彼女を引っぱっていったのだ。

# 5

家の中を見てまわっているうちにすっかり準備の整った食堂で、二人は遅い夕食をとることになった。長く、つややかなテーブルには見事な磁器やクリスタルの食器が並び、新鮮な切り花も飾られている。花の横に置かれた美しい枝つき燭台《しょくだい》が、ほの暗い照明の広い室内全体に、温かみのあるロマンチックな輝きを投げかけている。アイスバケットには、シャンパンのボトルさえ、型にはめて作られた氷と一緒におさまっている。

マクレーンはステイシーを座らせた。そして、かなり手慣れているらしく、落ち着いた様子でシャンパンを巧みに開けると、一滴もこぼさずに、控えめの量を二つの細身のシャンパングラスに手早く注《つ》いだ。

これを見ても、オーレン・マクレーンは、ステイシーが初めに考えていたような田舎者の野暮な男ではないらしい。外で食事をしたこの一週間ばかりで、彼がどのフォークを使うかに精通しているどころではないのを悟らされたし、どんな所に出ても、この人は場違いではなく、落ち着いていられるだろうと、堂々とした態度を見て納得させられた。そうではないと考えたことが、少し恥ずかしいほどに。

それに、バッフィーのパーティーで着ていたすてきなタキシードも、彼の持っているただ一つのタキシードではなく――いまもクロゼットでほかに二着見たばかりだった――フォーマルな場もかなり幅広く踏んでいるらしいとわかったのだ。

マクレーンはテーブルの上座についた。そして嬉《うれ》しいことにステイシーは、その右側に座らされた。祖父とは数えきれないほど何度も一緒に食事をしたけれど、長いテーブルを挟んで、祖父の上座の席と向き合うように座らされたものだった。その習慣はステイシーが育ってきた感情的よそよそしさをよく表していた。そんなわけで、このくつろいだ感じが彼女は嬉しかったのだ。

マクレーンがシャンパングラスを差し上げて、彼女が上げるのを待っている。

「きみが先に乾杯の音頭を取る？　それとも、僕が先に取ろうか？」

「あなたからなさったら？」

そうしたかったかのように、マクレーンの厳しい口元が笑みにゆっくり緩んだ。「これからの五十年に。そして、それ以上に」

〝そして、それ以上〟は年月だけの意味ではなかった。そのことを、黒い瞳のきらきらした熱っぽさに読み取り、ステイシーはふいに気後れを感じながら、グラスを合わせた。そのあと、シャンパンを少しばかり口に含んだ。

マクレーンがシャンパンを少量注ぎ足したとき、ステイシーは乾杯の文句を幾つか考えたが、どれもあまりぱっとしなかった。ただ一つをのぞいては。それは確かに、心からの願いでもあった。

マクレーンに乾杯の準備ができたとき、ステイシーは低い声でつぶやいた。「二人が……これからの五十年ずっと幸せでありますように。そしてそれ以上も」

マクレーンは満足したらしく、グラスを彼女のグラスと合わせ、二人は乾杯した。それから食事が始まった。温野菜にベークドポテト、分厚くてジューシーなビーフステーキという、かなりありふれた料理だった。ニューヨークで見ていてわかったことだけれど、マクレーンがこういう素朴な料理が好きだからかもしれない。

ステイシーは、ベジタリアンの友人たちと違って、ステーキを楽しんだ。シンプルな調理法だったものの、文句のつけようのない出来映えだった。彼女は自分では料理の仕方を知らないとしても、舌は確かに肥えているほうだった。

今夜の食事が楽しかった大半の理由は、これほど優秀な料理人を抱えていれば、マクレーンも妻に料理を求めはしないだろう、とほっとしたからかもしれない。これで料理をする心配は消えた。掃除の心配も、家が清潔に保たれている状態を見て、消えたように。

「すぐにハネムーンに出かけなくてもかまわないかな?」そう言われ、驚いて視線を向けると、彼はこちらの顔を探るように見ていた。

「忙しかったのでハネムーンのことなど考えてもいなかったわ」それは本当だった。二人の結婚は、ふつうのしきたりにすべて従ったわけでもなかった。おまけに、この一週間は信じられないほどあわただしかったのだ。

「しばらく留守にしていたので、当分はここを離れられないんだ。もう少しあとでどこかに行こう。秋のギャザーのあとにでも」

〝ギャザー〟って何？　ギャザーが家畜を集める意味だと、彼女はまだ知らなかった。だから、いまは無視することにした。「旅行はお好き？」

「僕はここで過ごすことが多いんだが、いまは旅の同伴者もできたからね。旅行も前よりはきっと楽しいだろう」

ステイシーはかすかに笑みを浮かべた。新妻への甘く優しい言葉だったが、彼女が望むならいままでのライフスタイルを一つや二つ変えてもいいという小さなシグナルでもあった。

「旅行はすてきだわ。でも私、もっと家に近い所でもいろんなことを楽しめるほうなの」お返しにステイシーはそう言った。こちらにもライフスタイルを変える気はあるという意図を伝えるためだった。

同時にそれは真実でもあった。友人の中には、帰ったかと思うとまた出かけるという感じで、世界中をジェット機で旅してまわっている人たちもいるが、彼女はそれほどそういう暮らしに魅力を感じてはいなかった。しかしニューヨークでは、社交に明け暮れる毎日だった。都会から遠く離れた——サンアントニオからセスナ機でやってきて、その遠さはいっそう身にしみていた——牧場暮らしにどれだけ耐えられるかによっては、もっと始終旅行をしたくなるかもしれなかった。

「すぐに旅行に出かけるよりは」マクレーンが言う。ステイシーは、彼が続けたいらしい話題に関心を呼び戻された。「ここでしばらく二人一緒の時間を過ごしたいんだ。僕は、一日数時間は牧場に出ていなくてはならないが、それ以外の時間はお互いをもっとよく知るために使える」

胸にじんとくる言葉だったけれど、彼が先を続けるにつれてその感じは薄れていった。

「きみにはここのいろいろなことに慣れてもらわなくてはならない。ここがどう運営されているかも知っておいてもらいたいし。僕に何事かが起こった場合、きみがそれを引き継いでいけると二人とも知っておく必要がある。そのためには小さなことから始めるのがいちばんなんだよ。馬の乗り方を覚えるとか」

あっけにとられてステイシーは彼を見つめた。まさか本気ではないでしょうね？　馬の乗り方を覚えるのはまだいいとして、この広大な牧場の運営を任されるかもしれない——あるいは、どうしてもやらなくてはならなくなるかもしれない——なんて、考えただけでも、たじたじとなってしまう。料理やこの家の掃除のことを心配していたけれど、これはそんな生やさしい懸念を遥《はる》かに超えている。

とりわけ彼女自身、先祖代々の資産管理にぞっとするような失敗をしたあとだけに、マクレーン家の資産に責任を負いたくはなかった。これは信託財産とか投資とかの問題ではない。牧場とか石油の話なのだ。それ以外にも何があるかわからない。軽い吐き気が唐突に襲ってきた。

「まさか本気で……」彼女はそっとつぶやいたが、恐怖が顔をのぞかせてしまった。

「悪いが、そのまさかの本気なんだよ、ミス・ステイシー。きみはかなり頭がいい。自信という点ではまだもう一つだが、やる気になればなんでも引き受けられるだけのものを持っているよ。それが重要なポイントかもしれないな。やる気になればなんでも、というところが」

最後の少し神経に障る言葉は、ほかに気をそらされることを耳にして、いちおう無視した。まるでオーレン・マクレーンに自分の中をのぞかれ、ほかのだれもがいままで気づかなかった何か立派なものを見つけてもらえたみたいな、奇妙な、それでいてちょっと得意な気分にさせられたのだった。当人も気づいていなかったものの、同時に、本当にあるのかどうか、彼女自身確かでない何かだった。

祖父は私のことを、ひょっとしたら勇気があるかもしれないとか、もしかしたら何かの能力を持っているかもしれないとか考えたことは一度もなかったらしい。だから、晩年その事業のすべてを整理して、私が扱うのは、現金や信託財産や株などだけですむようにしてくれたのだろう。マクレーンのいまの言葉からすると、彼は私の中に値打ちがあると考えられる何かを見つけたらしい。それとも、見つけたいから、見つけたと錯覚しただけなのかしら?

私が彼と結婚したのは、自分の財産管理の責任が果たせなかったからだと、この人は気づいていないのかしら? どんなふうに資産を失ってしまったかは彼に話した。だから窮地からの安易な逃げ道として私が彼を選んだことは知っているはずなのに。いずれにせよ、この結婚が愛情に基づいたものだというふりは二人ともしてはいないけれど。

そんないままでの経緯もあり、万が一のために、マクレーン家のすべてを引き継ぐ準備をしておくという考えに、彼女はたじろいでしまうのだった。

まして、ここを引き継ぐのは、テキサスの州知事として打ってでるという途方もない考えと大差がないように思える。

ステイシーはいらいらと水を一口大きく飲んでみたものの、口の渇きを癒《いや》すのにはほとんど役に立たず、結局グラスを脇《わき》に置いてしまった。食事ももう一口も喉を通らない。だから、ナプキンも皿の横に置いた。

「先にシャワーを浴びたいなら、僕がアリスのためにテーブルの上は片づけておくから」

マクレーンが言う。ステイシーはとっさには、新しい話題に頭を切り換えられず、アリスが彼の料理人だともすぐには思いだせないほどだった。向かいの壁のエレガントな時計に目を走らせ、それからマクレーンの視線を彼女は迎えた。

「でも、まだ九時になったばかりよ」こんなに早く夕べを終わらせたいのかしら？　ステイシーはまたふいを突かれてしまった。午前一時か二時より前にベッドに入るなんてめったになかったのに、こんなに早くどうしたら眠れるかしら？　だが、そのあとステイシーは気づいた。彼は眠ることなど考えていないのだ。

「ここでは朝の五時には起きるんだよ」マクレーンが立ち上がり、彼女の方にやってきて、そっと椅子を引いてくれた。「だから、夜の九時はもう遅い時間なんだ」

ステイシーはうろたえながら立ち上がった。ついさっき、人をこの上ない混乱に陥れるようなことを言っておいて、今度はまた別の話を振っている。それだって、こちらにとっては同じように困った話題なのに。この人は、今夜、男と女の完全な関係を期待しているにちがいない。たぶん、いまから一時間以内に。気持ちの準備をするのに私はもっと時間がほしいのに。

「二人でテーブルを片づけたらどうかしら？　コニーが——確か、そういう名前だったわよね——書斎にメッセージを置いておいたとか言っていたし」二人の間の今夜のことを少しでも遅くしようと、彼女はそっと言ってみたが、黒い瞳におもしろそうなきらめきを見て言葉を切った。

「こんな夜には、メッセージなんて話はつい忘れてしまいがちだね」

ステイシーは頬が火照ってきたが、何も言い返さなかった。彼女のささやかな引きのばし戦略をマクレーンは受け入れてくれたらしく、シャンパンのバケットをキッチンに運び、トレーを持って戻ってきた。

その瞬間から二人の間の沈黙がいっそう張りつめたものになった。それに気づくと、お互いの間の高まる緊張への彼女の意識もゆっくりと増しはじめた。マクレーンがろうそくの灯《あか》りを消してまわる役を引き受け、その間に彼女はトレーに食器類をのせていった。

空気が、無視しづらいほど緊迫度を増してくるようだ。沈黙が長引くにつれ、二人の間の電流がだんだん高まって火花を散らし、ついに劇的な頂点へと達するような気がしてくる。いま空気の中にあるあからさまな期待感に比べれば、これまでのお互いの間のどんなみだらな感情も、ぬるま湯同様に思えてくる。

緊張した沈黙の海にどっぷり浸ったまま、二人は大きなキッチンに入っていった。マクレーンとベッドを共にするそう遠くない瞬間へ、夕べが急速に近づいていくという感覚がだんだんに鋭くなってくる。

食器洗い機にどう食器を入れるかはステイシーも知っていた。たちまちその仕事を終え、洗剤を入れると、マクレーンが食器洗い機の扉を閉めてボタンを押し、始動させた。それから彼女の手を取ると、胸に抱き寄せた。

黒い瞳が熱っぽく、ステイシーの上気した顔をまじまじと眺める。「今夜のことが心配なんだね」

そのことだけはわかってくれているらしい。マクレーンの口元にかすかな微笑がちらつき、声が低くなる。

「心配しないで。僕は今夜を何年も待っていたような気がするが、きみにとってはそれよりもう少し唐突な感じがするのはわかっている」

だからといって、今夜は無事解放というのではなさそうだ。でも、彼の腕の中で、がっしりした長身に抱き寄せられていると、いつものように頭がくらくらする気分に襲われ、急速に緊張がほぐれてくる。

この人はいまは私の夫。それに私の生来の内気さを打ち負かすほどの性的経験を持っている。私が前に怯《おび》えたのも、あまりにも簡単にこの人に圧倒されたせいもあったのではなかったかしら？　けれど、いまは結婚という安全弁があるのだから、圧倒されても怖がることはないでしょう？

黒髪の頭が下りてきて、ひんやりした唇がしっかりと重なってくる。火のようだろうという期待に反して、そのキスはどこか控えめで、なだめすかすようだった。それに、長くも続かなかった。そのこともステイシーには新しい驚きだった。しかし、マクレーンが頭を上げたとき、彼女の目はなかなか開かなかった。

「先に寝室に行って、したいことをやってしまったら？　僕もすぐに行くから」

ステイシーは身をよじるようにして一歩引いた。あとになったら恐ろしさで体がすくんでしまい、いまほど強く感じられないかもしれない、と心配になったのだ。そのまま続けて、いまこの場で私を抱いてくれたほうがよかったかもしれないと思えてくる。不安そうに見えない笑みを浮かべようとしたが、失敗したらしく、彼の目がかすかに光るのが見えた。

「私……長くはかからないようにしますから」息切れした声が、まるで、待ちきれないから早く来てくれていいのよ、と言っているようだ。ステイシーはすぐに後悔した。

私、こういうこと、きっとうまくやれないわ。絶対うまくやれないわ！

大きなランチハウスの、寝室のある方へ、震える脚で向かいながら、男性やセックスについて読んだり聞いたりしたことすべてを思いだそうとしてみる。そういう行為が上手でなくても、ひょっとしたら大した問題はないのかもしれない。

まあ、冗談でしょう？　すてきなセックスは、すべての男性にとって優先事項なのよ。だから、マクレーンのようにひどく男っぽい人には、もっと優先事項のはずよ。

落ち込み、半ば吐き気を覚えながら寝支度に必要なものを集め、ステイシーは大きなバスルームに入ってドアを閉めた。何もかもが気になって、神経がぴりぴりしている。手早くシャワーを浴び、数分かけて髪をブローした。しかし、不安を静めるのにはあまり役立たなかった。

とにかく、急すぎるのよ。マクレーンのことはとても好き。彼も私がひどく好きみたい。でも、だからといって、それが愛の領域に近い感情だとは、どちらもほのめかしすらしていない。相性は確かにいいようだけれど、お互いについては本当のところあまり知らない。本当の意味では。共通の趣味を持つ、新しく知り合った友人同士ほどにも。

体の関係を早く持ちすぎると、お互いの気持ちの上での深まりがどれほど中断され、そして妨げられるか、幾つかの記事で読んだことがある。先にセックスをしてしまうと、関係がそれ以上に発展しにくくなるかもしれないという。そうでなくても、セックスは、深く細やかな愛の究極の表現と彼女はいつも考えてきたので、お互い熱烈に愛し合えるようになればいいのにと、この一週間ずっと願ってきたのだ。

一目惚《ぼ》れというのは必ずしも信じてはいなかったが、深く惹《ひ》かれ合った気持ちが急速に愛に発展することはあるだろうと思っていた。だが、それがまだ自分には起こっていない。だから、マクレーンにもきっと起こってはいないだろう。

マクレーンは、結婚の性的な面を進めるのに熱心なように見える。だから彼にとっては愛情はわずかな優先権も持っていないのではないかしら？　二度目のプロポーズのとき、そう宣言したも同然ではなかった？　あのとき相性とか選択について言われたことがいまはいっそう重要性を帯びて見えてくる。

並外れて男性的でとびきりセクシーな男たちは、男女の関係の肉体的な面にだけ価値を置きがちで、感情的な面はほとんど考えないのかもしれない。私はその正反対のことを信じているけれど、ベッドの時間がこんなに迫ってきてみると、今夜がセックス以上の何かになるチャンスはまったくないと思えてくる。

髪を整え終えると、彼女は大きな鏡をちょっとのぞいてみた。床までの長さのある純白のサテンのネグリジェと、それとそろいの部屋着のせいで、触れてはならないほど純潔に見える。きれいにウエーブを描いて肩にかかっているブロンドの髪、透きとおるように白い肌、深々と青い瞳。それはまるで、無垢《むく》な女らしさを、視覚に訴える絵にしたようだ。この世のものでないようなその姿に少しほっとする。マクレーンの熱っぽさもこれで多少水をさされるかもしれない。

寝室での経験があまりあるようなことを私は言った覚えがない。だから、これが私にとってはどんなに重大か、マクレーンに気づかせる道はまだあるかもしれない。それに気づいたら、マクレーンも、二人の間にもっと強い感情が育つまで待とうと考えてくれるかもしれない。

寝室で小さな音がした。くじけそうになる心を励ますと、ステイシーは勇気を振り絞り、寝室へのドアを開けてそちらに踏みだした。ほかのすべてが失敗しても、とにかく大人としてだけは振る舞わなくては。

しかし、広い肩や信じられないほど筋肉質のがっしりした胸、引きしまった腰の強調されている、黒のパジャマの下だけをつけたマクレーンの姿を見たとたん、ステイシーは呼吸と共に勇気が消えていくのを感じた。

花嫁は目に痛いほど美しかった。だが、それは耐える値打ちの十分にある痛さだった。メッセージに急いで目を通し、あわてて処理しなければならない問題はないと知り、彼はゲスト用バスルームでシャワーを浴びようとして、必要なものを取りに寝室に来たのだった。そして、ひどく神経を苛立《いらだ》たせている花嫁にショックを与えずに気を楽にさせようと、パジャマの下を見つけて身につけたところだった。

だがそのときステイシーが出てきて、すぐに美しい青い目がむきだしの彼の広い胸に注がれた。いずれにしろ、ショックを与えてしまったらしく、まつげがかすかに震えるのが見えた。

しかし、彼女から受けた感動は、こちらの思いやりへのお返しを上回るものだった。白のサテンのネグリジェは、欲望をそそる曲線美を隠しながらもちらつかせ、一対の翼と魔法の杖《つえ》さえあれば、その姿はおとぎ話の本から抜けでてきた、美しい妖精《ようせい》の王女様かと見《み》紛《まが》うばかりだった。それとも天使かと。

今夜のステイシーは、大都会の洗練された女ではない。マクレーンはそのことが嬉しかった。代わりに彼女は、傷つきやすく自信なげで、面映《おもは》ゆそうに見える。いつもは上品なマナーで、お高くとまり、身を守っているが、今夜はその手はあまり役に立たないだろう。瞳の中のかすかな懸念の色からも、本人がそれを自覚しているのは明らかだった。ステイシーが知らないのは、彼女が恐れているかもしれないほど、こちらは性欲過剰の人でなしではないということだった。

今夜は結婚初夜だが、道路標識やバリケードがなくても、こちらが願う線まで越えてくるだけの心の準備が彼女にできていないのはわかる。彼にもそれなりの理由があって、本当は、まだ一線を越えるつもりはなかったのだ。

でも、あわててそんな約束をするつもりはない。性的自制力に誇りを持っている男にしては、驚いたことに、自信がふいになくなったのだ。だがステイシーはいまは彼の妻だ。抑制の自信が前ほどないのは、結婚していると考えるからだろう。結婚は性欲を自由に解き放っていい場所と考え、その日をずっと待ち望んできたのだから。

だが、今夜はまだ待つ。立派なその意図も幾夜ももたないだろうが、二人の間で、事がもっと自然に起こるのを待つだけでなく、ステイシーにとってとても重大な意味合いを持つかもしれない、あることの結果をも待つつもりなのだ。別に勘を働かせなくてもわかるのだが、そのあることについて、ステイシーは、いまもあとになってからも感謝するだろう。

彼がベッドのそばに立っているのを見てステイシーは足を止め、それからすぐに前で指を組み合わせた。穏やかな落ち着きを保とうとしてそうしたのだろうが、自分がばらばらに崩れてしまうのを防ごうとしているかのように彼の目には映った。

彼は片手を差しだし、ステイシーが近寄って指を絡めてくるのを待った。

# 6

荒削りで厳《いか》めしいマクレーンの顔からステイシーは目が離せなかった。近づいて手を取るようにと、まるで無言の命令をされたみたいだ。前にも同じことがあり、ステイシーは、そうしたいかどうかわからないまま、思わずその命令に従っていた。マクレーンがもう一方の手も取って、両方をしっかりと握った。

「今夜のきみはきれいだ」いつものように語尾をのばし、深みのあるセクシーな、低くかすれた声で言う。きまじめに引き結んだ唇の片端が上がった。「いつだってきれいでないことはないが、ただ、今夜はいっそうきれいだ」

それから、かがんでそっとキスをされた。とたんに、熱いものがぱちぱちと稲妻のように体を走り、ステイシーは震えた。脅威を感じさせないその心地よさをさらに求めたい。握り合った手が間にあり、お互い体は離れていたが、ステイシーは思わず前方にかすかに揺らいでいた。

唇がゆっくり離された。めまいがし、体から力が抜けていくようで、ステイシーはまた前に揺らいでしまった。頭に浮かぶ筋道の立った考えは、〝いままでのところは、まあまあね……。この程度でいいのかもしれない〟ということだけだった。

「きみは、ベッドの右側と左側ではどちらがいい?」マクレーンが尋ねる。そんなことをきかれたなんて一瞬信じられなくて、ステイシーは目を開けて相手を見た。それは必ずしも、彼女が思い描く結婚初夜の甘いささやきの一つとは言えなかった。

「さあ……よくわからないわ」答えてから頭がふいにはっきりしてきて、ある考えが生まれ、それに飛びついた。「いままで一度も、だれかと同じベッドに寝たことがないから」

ほら、だれとも同じベッドで寝たことがないと白状すれば、セックスの経験がないとほのめかしたも同じでしょう? せめて、そうであってほしいわ。男女の愛の行為は必ずしもベッドの中で行われるとはかぎらないというのは知っているけれど、マクレーンがそのほのめかしに気づいて、今夜の計画を変えてくれるといいのに。

マクレーンの美しい口元が歪《ゆが》んだ。そして、ベールをかけたいまのメッセージを理解してくれたらしく、黒い瞳がきらりと光るのが見えた。しかし驚いたことに、それについては何も言わずに、さっきからのどうでもいいような問題にこだわった。

「きみの気が変われば、いつでも場所は交代できるから」握っていたステイシーの手を放し、彼女の部屋着の帯に手をのばしながらマクレーンが言う。

けれど帯に手をかけはしたものの、親指とほかの指の間で、サテンの布地をころがしているだけだった。

「サテンの感触っていいものだね」彼はそう言うと、帯をそっと引っぱってほどき、その両端を彼女の脇《わき》に垂らした。

もちろん、部屋着の胸元が緩んで開いた。たこのできたマクレーンの手が、わずかに開いた胸元にそっと入ってくる。そして、そこをいっそう広く開けながら、手のひらが彼女の腰の両脇に添えられた。ステイシーは両手を上げ、彼のかたい胸板に当てた。

それが間違いだった。鋼鉄を思わせる筋肉を包む滑らかな肌の熱い感触は、息をのむほどの驚きだった。マクレーンの体は男らしさの化身で、彼女の中の女の部分が興奮と恐怖でいっせいにざわめき立ってくる。彼はそびえるように背が高く、握力も強そうで、一握りでこちらの骨は砕けてしまいそう。怖いみたいだけれど、守られている感じもあって、あまりにも女を意識させられ、女の弱さと同時に強さをステイシーは感じてしまった。

弱さは、相手の男らしいたくましさに対して、こちらの女らしさがあまりにももろく感じられるからだった。一方、強さは、どこか根元的なところで彼を虜《とりこ》にすることができ、それによって、彼を支配できる力が与えられたという気がするからだった。

優位の陶酔感は、マクレーンの両手が脇を滑って上がってきて、そこから離れ、部屋着が肩を滑り落ち、足のまわりに優雅に丸まって落ちるまでだった。マクレーンの両手が彼女のほっそりした肩にそっと置かれ、指先がむきだしの両腕を手先へとなぞっていった。

ギャザーを寄せたウエストまで、襟元が大きく深くV字形に切れ込んだネグリジェの身《み》頃《ごろ》は、上品で、同時に男心をそそるものだった。マクレーンの黒い瞳が、そのV字形を下までずっとたどり、それから上がってきて彼女の目と再び合った。荒削りの顔には、ひどく厳粛な表情が浮かんでいた。

「レディーファーストでどうぞ」耳障りな声でゆっくり言う。黒い瞳の火のような熱っぽさは、荒れ狂わんばかりの欲望を表していた。彼の手が体を離れたとき、ステイシーは震えながら彼に背を向け、ベッドに入った。もっと安全な退却場所があればいいのに、と思いながら。

彼女の部屋着を拾って椅子に放《ほう》り投げると、マクレーンはベッドの足元を回って向こう側に行った。その間にステイシーは横になり、キルトの掛け布団と上掛けのシーツを肩まで引き上げた。

息を詰めていると、マットレスが傾《かし》ぎ、マクレーンが上掛けの下に体を滑り込ませてきてこちらを向いた。しかし、寝返りを打って近づく代わりに、そのままの位置にいて、二人の間に片手一つのスペースを残している。それでも、大きな体の温《ぬく》もりが脇腹に伝わってくるのをステイシーは感じた。マクレーンは拳《こぶし》に顎をのせ、火照った彼女の顔を眺めていたが、その口元にゆっくりと笑みを浮かべた。

「きみの目は、ディナー用の平皿みたいに大きいんだね、ミセス・マクレーン。だが夕食は終わったし、今夜はデザート抜きでも、生きていけそうなんだが」

マクレーンが彼女のひんやりした手を空いたほうの手で探しだし、上掛けの下から引っぱりだすと、口元に持っていき、指の関節にキスをした。それから身を乗りだして、彼女の唇に、同じように優しいかすめるようなキスをし、ゆっくり体を引いた。ステイシーは目を開けて彼の顔を見上げた。

「結婚初夜の儀式には、これ以上ないほど心を引かれるが、僕たちは多くのことを急ぎすぎただろう？　だから少しスローダウンして、いままで省いてきたことのいくらかでも取り戻すほうがいいかもしれないね」

なんて優しく思いやりに満ちた言葉かしら。彼への混じりけのない情愛の、深いうねりがこみ上げてくるのをステイシーは感じずにはいられなかった。今夜はまだ一線を越えないですめばと願っていたけれど、まさか彼がそれを考えなおしてくれるとは思ってもいなかった。しかし、彼は考えなおしたのではなかったのだ。初めからずっとそのつもりだったのだと、いまのステイシーにはそれがわかるのだった。

彼を好きという気持ちが、まだ認める気はないものの、もっと強く深いものになる。そんな感情に促されて手を上げ、手のひらを彼のそげたような頬に当てた。

「あなたって、すばらしく思いやりがあるのね？」問いかけるように語尾を上げて物静かに言ったが、それは本当のところ質問ではなかった。

そのほめ言葉がくすぐったかったかのように、マクレーンがうっすらと笑みを浮かべた。ステイシーは、ふいに思った。この人、冗談にごまかすつもりなんだわ。

「ああ、マダム。僕は謙虚だから、そんな〝すばらしく〟なんて言葉で始まる美点を持っているとは自分ではとても認められない……。だが、キスならしてもらってもいいかな。ひょっとして、ご褒美としてね」

マクレーンの中にこういう茶目っ気を見るのは初めてだったが、ステイシーはたちまち気に入り、嬉《うれ》しさと安堵《あんど》から思わず頬が緩んでしまった。そして顔を寄せるように促し、マクレーンが従ったとき、キスをした。

セックスをするというプレッシャーが取りのぞかれたので、キスはさっきよりは熱っぽくなり、腕を彼の首に回すと、こちらに覆いかぶさるような格好で彼が体を寄せてくる。キスはたちまち燃えさかる炎となり、マクレーンが唇を引き離さなかったら、抑制を失って完全に荒れ狂っただろう。

呼吸が戻り、早鐘のような鼓動がしだいに緩やかになるのを待つ間、お互いの体が、サテン地と軽いコットンの薄い層を間に挟むだけで、ぴったり重なり合っているのがまざまざと意識されてきて、刺激がまた高まってくる。

体を離し、仰向けに寝返りを打つだけの自制心と分別を持ち合わせていたのは、今度もマクレーンだった。しばらくしてマクレーンが低く笑った。

「干し草小屋で二人の子供がマッチで遊んでいるようなものだ。子供たちは、そんなことをしてはいけないと、わかってはいるんだが、なんとも気をそそるマッチ箱を見つけてしまったものだから……」

そのたとえが気に入ったという以外、理由はわからないのだが、ステイシーは幸せの奇妙な温もりを感じた。それに、マクレーンがますます好きになってきて、その甘美な感覚も彼女は気に入った。

彼のことをいつもマクレーンとして考えてしまっている。心が彼女を戒める。彼のファーストネームはオーレンだ。面と向かってはそう呼ぶのだけれど、心の中ではマクレーンとして考えてしまう。マクレーンという名前は、素朴でタフで、不滅の響きがある。その名前に引かれるのは、私が自分の人生に、素朴でタフで不滅なだれかがほしいからかもしれない。

オーレンという名はもっとソフトで優しく、傷つきやすい響きがある。マクレーンには全然似合わない。それでもまた一方ではなぜか、これ以上ないほど似合っているのだった。彼女の問題の一つは、ひょっとしたら、マクレーンのことは自分に必要な人と見なしているが、オーレンに対しては、自分はこの人に値しないと思っていることかもしれない。

そう納得したとき、マクレーンが灯《あか》りを消して、すぐそばに身を落ち着けてきたので、ステイシーは気をそらされてしまった。手を取られて引き寄せられるのを感じ、指の関節にまたキスが印《しる》されるのかと、半ば期待して待った。だが彼は握り合わせた手を二人の間にそっと愛《いと》しそうに置いただけだった。ステイシーは優しい気持ちがまた胸にこみ上げるのを覚えた。

〝おやすみ〟と彼にぶっきらぼうに言われ、それに促されるように彼女は〝おやすみなさい〟とささやき返していた。

私はいま、マクレーン――オーレンと並んで手をつなぎ、大きな体から発散される熱気に驚きながらも、同時に、すばらしい心地よさとくつろぎを感じ、この広いベッドで寝ている。それは、驚嘆すべきことだった。

ひょっとしたらいま感じているのは信頼かもしれない。私は、とても長い間、本当の意味で、だれにも信頼を感じられなかったのだわ。いいえ、考えてみると、私は本当の信頼を一度も、だれに対しても、亡くなった祖父にさえ、あまり感じたことがなかったのではないかしら?

でも今夜、マクレーンにはそれを感じる。彼と一緒にいて与えられる安心感を楽しみながら、暗闇《くらやみ》で横になっているうちに、ここ数カ月なかったほどの平和な眠りに、ステイシーはゆっくりと落ちていったのだった。

同じように平和で満ち足りた気持ちで、ステイシーは夜中に目を覚ました。気づくとマクレーンの腕の中に心地よく抱かれていて、いっそう平和で満ち足りた気分になった。気恥ずかしさのそよぎすらなく、ただ物憂い快感があるだけで、そのまま眠りにまた誘われていきそうになった。しかし、そのときマクレーンが身じろぎした。かすれた含み声は気分を和ませるものだったが、彼の言葉はそうではなかった。

「さあ、起きる時間だよ、ダーリン」

ステイシーは目をわずかにこじ開けた。だが室内はまだほの暗く、エアコンがひんやりときいていて、ステイシーは、彼の大きな体の心地よい温もりにいっそうぴったり寄り添い、そこにそうしていることに満足していた。だって、まだ夜ですもの。彼は何か勘違いしているか寝言を言っているのだわ。

眠りの深い淵《ふち》に戻れそうになったとき、大きな手が背中を滑り下り、ヒップで止まるのが感じられた。それでもわずかな気詰まりしか覚えなかったが、その指が広がり、軽くつねられた。

「さあ、起きて、シティーガールさん」耳障りな声で彼が言う。「遅くなるよ」

びっくりして眠気がもう少し覚め、枕《まくら》の上で顔を引いて、薄暗がりに浮かぶマクレーンの顔に瞳を凝らした。髭《ひげ》がざらついた感じで顎にのび、長すぎる黒髪が乱れて、とても魅力的だ。目がきらきら光っているところを見ると、おもしろがっているらしい。

「きみはあまり早起きの人ではないんだな」決めつけるように言う。「数日で変わってくれるといいんだが」

いまは手のひらが彼女の背中にゆっくりと円を描きだしている。大胆ななれなれしさに、ステイシーは思わず腕を動かし、彼の手を優しく払いのけようとした。しかし、そのほのめかしに彼は応じないで、彼女の唇とのわずかな距離を縮め、さわやかなキスでとらえてしまった。

用心しないと。そう思う間もなく、ステイシーは圧倒された。彼がいきなりキスをやめて体を引き、向こう向きになってベッドを下りていかなければ、すっかり夢中になっていただろう。

こんなに朝早くから、この人はどんなに簡単に私のふだんの防御壁をすり抜けてきてしまったことだろう。ステイシーは警戒心をかき立てられながら、大きなマットレスの自分の方の端へと寝返りを打ち、起き上がって床に足をつけた。ベッドサイドテーブルの目覚まし時計の数字は、まだ四時五十五分を示している。彼女は低いうめきをもらした。

マクレーンがベッドを回ってきた。手を取られ、ステイシーは立ち上がった。「ここのバスルームを使っていいよ。ジーンズを持ってきているならそれをはいて。なければパンツでいい。今日の午後、町できみの作業用の服を買おう」

簡潔に言い、バスルームの方に彼女を押しやるようにして、マクレーンは出ていった。

一人取り残された彼女は、まだ半分眠った感じながらも、バスルームまで歩きつづけ、中に入ってドアを閉めると、その日の支度にかかった。

先にちょっと何か着るものを取りに行くべきだったと途中で気づいたが、まず歯を磨き、化粧をし、髪をとかし、それから外に出て、自分のスーツケースが幾つか置いてあるクロゼットに入っていった。

昨夜は必要なものを出しただけだった。今朝も残っているもの全部を出す暇はなさそうだ。マクレーンは一日を早く始めたいようだった。お互いの親睦《しんぼく》ムードを促進するためにも、着るものを急いで見つけなくては。

スーツケースを一つ残らず開け、クロゼットの絨毯《じゅうたん》を敷いた床に置いたまま、中を引っかきまわして、何か着るものを探した。幸いジーンズは一本持ってきていた。それに合わせて着る白のコットンブラウスと革ベルト、それに、ジーンズに合わせて持ってきていた、黒のショートブーツを選んだ。

テキサスまで船便で送った私の荷物を全部開けて整理するのにどれくらい時間がかかるものやら。それに、いまそれはどこに置かれているのかしら？　在り処《あか》をきいてみるのを忘れないようにしないと。コニーがこういうことを全部やってくれればありがたいんだけれど、彼女のふだんの仕事がどんなものかを知るまでは、何も決めてかからないほうが礼儀というものだろう。

望みのものを見つけて身なりを整え、大きなクロゼットを出ると、廊下からマクレーンが入ってきたところだった。牧場での普段着らしい、ブルーの格子縞のウエスタン風シャツに、洗いざらしのジーンズと黒のブーツという装いだった。ブーツはやゃくたびれた感じで、ニューヨークで履いていた正装用ブーツとは明らかに違うものだった。ほかのバスルームで髭を剃ったらしい。カウボーイの服装でも、タキシードや黒のスーツのときと同じように自然でくつろいで見える。黒い瞳が彼女の上に留まり、足元までさっと走ると、口の片端がねじれて歪んだ。

「そのブーツは、ヒールはまあいいが、そんな上等の柔らかい革ではすぐに傷んでしまう。ほかのを見つけよう」

それから今度は、体にぴったりフィットしたデザイナーブランドのジーンズを眺めた。非難と見えるものと男としての賞賛の間で、目の中の小競り合いが起こっている。

「新しいジーンズとシャツも手に入れなくてはね」視線が上がり、彼女のとき流した髪を見る。「それに、ステットソン帽を二つばかりと、日焼け止めクリームやアロエベラも」

あっけにとられて彼の言葉を追いながら、完璧《かんぺき》だと思っていた装いをステイシーは見下ろした。これまで、TPOに外れた服装はしたことがないのに。だから、着ているものが不適当だと言われたも同然なのはショックだった。

自分の選んだ服装を、だれかほかの人に小生意気にもくさされたりしたら、彼女はむっときただろう。でも牧場暮らしについてはこちらは何も知らないのだし、マクレーンの言葉をそのまま受け入れておくにこしたことはない。それに、このブーツは気に入っているので、それが傷むかもしれないと思うのもいやだった。

ただ、カウボーイブーツは好きになれそうもないので、それを買うという考えは、あまりぞっとしない。ロングブーツは、暑いときは快適といえず、それに重そうで、履いた格好も悪いにちがいない。そうはいっても、マクレーンが履いているとすてきだし、彼自身もとても格好よく見えているけれど。

朝食は、ステーキ、卵、トースト、メロン、シナモンコーヒーケーキが並び、ちょっとしたご馳走《ちそう》だったが、ステイシーはつつくだけだった。早朝には慣れていないので、食欲がわかないのかもしれなかった。あとでおなかが空くからとマクレーンに注意されても、彼の半分も食べられなかった。それにコーヒーは濃すぎてむせそうになり、代わりに水とオレンジジュースですませた。

食事が終わると、マクレーンに案内されて、キッチンの隣にあるマッドルーム――汚れたり濡《ぬ》れたりした履き物や衣服を脱ぐ部屋に行った。ショートブーツを脱ぐと、マクレーンがすぐに、ステイシーの光沢のないズボン用ソックスに気づき、ブーツを一足手に取って彼女の前にしゃがんでから言った。

「今度は白いソックスを履くんだね。きみが履いているそういうやつでは、足が火照ってくるから」

あまりのばかばかしい話に、ステイシーはほほえんでしまった。「ソックスの色が足の火照りとどんな関係があるの？」

「白のほうが涼しい。それに、必要なのは厚さだ。今日の午後、たくさん買っておこう。それから、レースのパンティーはよしたほうがいいかもしれない。プレーンな白のコットンがいちばんだ。化学繊維ではなくてね。ブラジャーについてはきみが決めるしかないが、ただ、サポートのしっかりしたものが必要だ」

ステイシーは驚いて、くすっと笑ってしまった。「ごめんなさい。でも、どうしてそんなことをよくご存じなの？　カウボーイの間では、そういうことは常識なの？」

マクレーンは彼女を見た。その目は笑ってはいなかったが、どこかにおもしろそうな影がちらついていなくもなかった。「カウボーイは、女性の下着についてはきみがびっくりするほどよく知っているよ、ミセス・マクレーン。さあ、このブーツが大きすぎないかどうか試してみよう」

足の横に置かれたブーツはかなり古めかしい型のものだった。ステイシーがそれを履くと、マクレーンは彼女を立たせ、靴屋の店員がふつうよくするやり方で、どこまでつま先がきているかを――先芯《さきしん》がかたいので難しかったけれど――チェックした。そして、足の部分を両側から押して幅の具合を調べた。

そのあと、試しに歩きまわってみさせられた。履き心地は悪くはなかったが、妙な感じで、歩くとどすんどすんと響く。慣れてもいるし気にも入っている、女らしい軽快な靴音とは違っていた。しかし、どっしりしたヒールは好みの高さで、それでいて、いつも彼女が選ぶ、スパイクヒールや細いヒールに比べ、足さばきも危なっかしくなく、安定感があった。

「いまはぴったりだが、厚手のソックスを履いたら少しきついだろうな」マクレーンが言う。振り向くと、向こうの壁の釘《くぎ》から、カウボーイハットを二つ取り外したところだった。

「こいつをかぶってごらん」

マクレーンが最初の帽子を彼女の頭にぽいとのせた。それは眉の所までできた。すぐに脱がせ、次のをのせた。今度はぴったりフィットした。ステイシーは自分でも試そうと、手をのばしてみた。こちらの帽子も彼女にはなんとなくしっくりこない感じで、思わず鏡はないかと辺りを見まわしていた。

「どこかに……」ステイシーは言いかけたが、マクレーンの黒い瞳がきらきらしているのを見て、途中で言葉をのんだ。

私が〝鏡〟という言葉を言うのを待っているのだわ。カウボーイハットを被《かぶ》った自分がどんなに見えるか確かめたがっているのを、おもしろがっているのね?

「廊下に一つあるよ」マクレーンに言われ、マッドルームを出てみると、鏡が一つ見つかった。

帽子は黄褐色で、あまり心をそそられる色ではなかった。大きいほうの帽子は茶色で、ブーツとマッチしていたけれど、こちらの色調はお世辞にも魅力的とは言えない。脱いで、かがみ込み、せめて二つの色があまりちぐはぐでないかどうか見てみようと、ブーツと並べてみた。

「まったく女っていうのは。どんなに変な癖を持っているか、とくと拝ませてもらったと、これでついに断言できそうだな」

マクレーンの怒ったような低い声にステイシーははっとした。唐突に体を起こし、用心深くそちらを見ると、低い声にこめられた非難の口調にもかかわらず、マクレーンはにやにやしていた。

「馬は、きみのステットソン帽がブーツと似合っていなくても気にはしないさ。さあ、行こう」

マクレーンにはばかみたいに思えることをしているところを見つかって、ステイシーは恥ずかしくなり、すなおに帽子――ステットソン帽――を被ったが、彼を追って裏のドアに向かいかけて、また思いなおした。

「あのう、オーレン？　私、そのう、用心のため、最後に……」

マクレーンに振り向かれ、ステイシーは意味深長に言葉を濁した。厳つい顔にたちまち理解の色が浮かんだ。

「先にパティオに出ているから」歩きつづけながらマクレーンが言う。また私のことをおもしろがっているのだと、別に相手の心を読むまでもなく、ステイシーにはわかった。

あまり待たせないですむように早く終えてしまおうと、廊下を駆けだしたものの、ステイシーはとたんに立ち止まっていた。ブーツのどすんどすんという足音が、まるで象の群れが驚いて逃げだすときのように響く。そのあとは、小さな化粧室まで、つま先立ちで歩いていった。

おかげで足が痛くなり、数分後に廊下を戻るときは、できるだけそっと歩くようにした。そのせいで裏のドアには永久にたどりつけない気がした。しかし、パティオに出るころには、かなり自信がついていた。これで、牧場の建物の見学と乗馬の初めてのレッスンへの準備はできたわ。

# 7

朝の空気はすでに暖かかったものの快適で、早朝の日差しがすべてに金色の輝きを添えている。そういえば、このところずいぶん長く、何事にも心から楽天的にはなれなかったが、いまステイシーはふいにそんな気分になるのを感じた。

それに今朝のマクレーンは、非の打ち所がないほどすばらしい。黒のステットソン帽を被《かぶ》っているので、とりわけセクシーに見える。ステイシーは彼と一緒になったとき、かがんでキスをするようにと、その手を取って促してしまった。

マクレーンは二人の帽子を押しやらずになんとか応じようとし、怒った声で言った。

「僕をそそのかさないでくれないか」それでも、その反対を伝えるような、びっくりするほどすてきなキスをさっと印《しる》し、彼女をいっそう浮き浮きした気分にさせてくれた。マクレーンが唇を離すと、二人は手を取り合ってパティオの向こう端へと歩いていった。

朝は美しく、マクレーンは辛抱強く、甘いと言ってもいいほどの夫ぶりだ。ふいにステイシーは、お金を失ったことが前ほど悲劇的でも恐ろしくもないように思えてきた。実際、これからはすべてうまくいって、この数カ月の苛酷《かこく》さや困惑や挫折《ざせつ》感はもう二度と味わわずにすむのだ、という気持ちにさせられるのも、美しい朝と、横に並んだ雄々しい男のスリリングな存在のおかげだった。

人生がようやくいい方向へ大きくターンしたかのように感じられてくる。その思いが胸にも頭にもいっそうしっかり浸透してくるにつれ、ステイシーは陽気と言ってもいいほどの気分になった。牧場の建物の方へマクレーンと一緒に歩きながらも、心からの関心で辺りを見まわしはじめた。

どこもかしこもきちんとしていて、手入れが行き届いている。フェンスで網の目のように区分けされた広大な放牧場には、あちこちに牛や馬の姿が見え、空の上からでさえ大きく見えた牧場の建物群が、いっそう巨大に感じられてくる。

最初のうち、ステイシーは一、二度、肩越しに振り向き、母屋がまだ見えるかどうかを確かめていた。どこかで反対方向に向いてしまうかもしれないと、すでに不安になってきていたのだ。道路標識も矢印もない。散在している建物は、お互い形も大きさもはっきりそれとわかるほど違っているわけではなく、いまのところ目印としてあまり役立ちそうになかった。

マクレーンが中心的な厩舎《きゆうしや》だと言う大きな建物に二人はようやく着いた。踏み固められた広い通路の両側には、板で仕切られたそれぞれ一ダース以上の馬房が並んでいる。馬房の各々のドアの上から、通路に向かって、数頭の馬が頭をぬっと突きだしていた。それが大きくぼんやりと見え、二人が入っていくと、すべての頭が振り向けられた。

挨拶《あいさつ》のつもりらしい嘶《いなな》きが幾つか通路に響きわたり、その親睦《しんぼく》ムードにステイシーは微笑した。どの馬もひどく大きい。彼女としてはもちろん、敵意を抱かれたくはなかった。

「今日はまだ始めなくてもいいが、怠け癖がつくチャンスのないうちに、なるべく早く自分の馬の世話ができるようになったほうがいい」マクレーンが言う。「ここではみんな、それぞれやらなければならないことがあるんだから、自分のことは自分でできるように、いずれはならなくてはね」

ステイシーはうなずいた。だれかの仕事の負担を自分のせいで増やしてはならないというのは理にかなう話だった。馬の世話はきっと覚えられるだろう。とりわけ、どの馬もあまり面倒をかけるタイプには見えないし。いまから始めると言ったほうが、マクレーンの覚えもいいかもしれない。

「今日から始めてはどうかしら？」ステイシーは申し出てみた。マクレーンに感心した顔をされ、報いられた気がした。

「大丈夫かい？」

ステイシーはにっこりした。「何をすればいいの？」

その質問をきっかけに、馬の適切な世話の、びっくりするほど入り組んだ個人指導が始まった。マクレーンが選んでくれたのは、亜麻色の鬣《たてがみ》と尻尾《しっぽ》を持つ、茶色の美しい雌馬だった。彼女がその雌馬に慣れるとすぐに、マクレーンはホルターと引き綱を馬に取りつける方法を指導し、それから彼女に馬を馬房から引きださせ、通路を何往復か歩かせた。

雌馬の大きさには警戒心をかき立てられたけれど、本当に難しいことや厄介なことは何もない。いま始めることを決めてよかった、とステイシーは思った。だがそれも、馬の蹄鉄《ていてつ》をつけた大きな足の持ち上げ方と、それを一つずつ調べてきれいにするやり方を教えられるまでだった。馬の毛並みの素早い手入れもさほど迅速にはできず、次には鞍《くら》をつける実地授業が続いた。

「手伝おうか?」マクレーンが言ってくれたが、ステイシーは手を振って断った。また相手の賞賛を感じ、どうしても自分で鞍をつけようと、びっくりするほどかたく決意してしまったのだ。

しかし、手助けを断って早まったかしらと数分後には後悔しだしていた。鞍は彼女と同じほどの重さがあるように感じられ、それを正しい場所に置いてきちんとフィットさせるころには、腕がずきずき痛みだしていた。鞍帯を締めるのも同じように難しく、緩すぎないようにするのにさえ音をあげそうで、簡単な作業がこれほど難しいことが苛立《いらだ》たしかった。だが、苛立てば苛立つほど、しっかり締められるようになろうとしてしまうのだった。

鞍帯がしっかり締まっているとマクレーンに言われたときは、何かとても大きなことを為《な》し遂げたような気がした。それからホルターと引き綱を馬勒《ばろく》と置き換える実地指導を受け、ようやく、馬に乗れる段階になった。

マクレーンは彼女の指導監督をしながらも、その間に自分の馬の毛並みの手入れをし、鞍をつけ終わっていた。それは赤茶色の毛のたくましい馬で、これを栗《くり》毛と言うんだよとマクレーンは彼女に教えた。彼女には永遠にかかりそうだった仕事をマクレーンはほんの数分で終えたようで、今度はもっと上手にしようとステイシーは野心をかき立てられるのだった。

そういう、自分にはひどく珍しい、ちょっとした競争心に驚いている暇もなく、大きな馬に実際に乗ろうとしたとき、彼女の決意はまた新たな挑戦を受けた。

「ズボンがきつすぎるんじゃないのかな」ジーンズがぴったりしすぎていて、足が鐙《あぶみ》に上がらないのを見てマクレーンが言った。「僕が足を持ち上げてあげてもいいし、きみが馬を干し草の俵まで引っぱっていって、その俵の上から馬に乗ってもいいんだが」

ああ、また選択ね！　でも、一見気楽そうに言っている提案の真意にステイシーは気づいていたし、どちらを選んでほしがっているかもわかっていた。そして干し草の俵を眺め、最後まで全部自分でやったほうがいいと決めた。

「干し草の俵で試してみるわ」ステイシーが答えると、マクレーンは背を向けて、軽々と自分の馬にまたがった。まるで、彼女の無能ぶりを嘲《あざけ》っているようだ。わざとそうしたわけではないとわかってはいるが、やはり、ぎりぎりと歯がゆさを覚えた。私だって、鐙まで足を上げられないわけではないのだから、今度はそれを妨げないようなジーンズを買おう。そう心に誓い、馬房の壁際の干し草の俵の方へ馬を引っぱっていった。

馬の左側からまたがるんだよ、とマクレーンに注意され、彼女は馬を反対向きにした。だが、大きな馬の左側の脇腹《わき》が干し草の束に十分くっついて並ぶようにするのは、じれったいほど厄介だった。ようやく望みの場所に立たせられたと思ったのも束の間《つかのま》、彼女が干し草の俵に上っている間に、馬はまた横歩きに離れていってしまった。

「あせらないで。きみが手前の手綱を引っぱったから、何かほかのことをさせたがっていると馬は思ったんだ。もう一度やってごらん」マクレーンが落ち着きはらった声で言う。

なんとか鞍にまたがり、両足が鐙にのっているのを確かめることはできた。しかし、その達成感は、踏み固められた土の床をちらっと見下ろしただけで、くじかれてしまった。距離感に軽いめまいを覚えたのだ。先ほどまでの決意と楽観はたちまち色あせていき、胃が縮まるような本物の恐怖がその巻き髭《ひげ》を何本かのばしはじめた。

馬はとても大きかった。地上にいるときは大きさに慣れてきていたけれど、いまは実際に背中にまたがっているのだ。しかも、馬が少し脚を動かすだけで、鞍から放《ほう》りだされそうになる。両手で手綱と鞍頭の突起部分をなんとかつかんだものの、今度は馬は頭を少し振り上げ、後ずさりを始めた。

「手綱にゆとりをもたせて、ダーリン。きみが後退させたがっていると馬は考えているんだ。それに、きみの緊張も伝わるから、リラックスするようにしてごらん」

「こんなことできないわ」意気地のなさがあからさまに言葉になって出てしまったが、そんなことにはかまっていられなかった。馬が少し横歩きをし、脚が馬の脇腹と壁との間で、押しつぶされそうになったのだ。

ステイシーが軽率に口走った本音を、マクレーンは無視し、同じ注意を穏やかに繰り返した。「手綱を緩めて。そうすれば馬はすぐに動きを止めるから」

マクレーンが手を貸そうと言ってくれなくなるほど、その手助けの申し出を断りつづけた自分に腹が立つ。破れかぶれの気持ちで、ステイシーは革の手綱になんとか十センチばかりの緩みをもたせてみた。それで十分だったらしく、馬は確かに動きを止めた。マクレーンが栗毛を彼女の脇に寄せてきた。

「押し手綱で馬を誘導するやり方は外に出てから覚えられるから、いまは手綱をもう少し緩めて、ブーツのヒールを馬の脇腹に軽く当ててごらん」

ステイシーは、馬の首筋を見下ろし、なけなしの勇気をかき集めた。

「下は見ないで、前方の開いたドアの方だけ見るんだよ」

マクレーンは、一つ一つを気長に根気よく指導してくれた。ステイシーは、いったんリラックスして簡単な合図を覚えてみると、馬が彼女のすることすべてに反応してくれるのがわかった。

そのあとは乗馬が楽しめるようになり、実際とても気に入った。めったに感じたことのない達成感と共に、初めのころの楽天的な気分が戻ってきた。マクレーンのレッスンは完全な実地訓練で、将来のためにステイシーは、それを頭の中に記録していった。

今回は何もかもとてもうまくいったけれど、初めに小手調べにちょっとやってみる前に、あまりあわてて挑戦すべきではなかったかもしれない。ありがたいことに、マクレーンはずっと熱心に見守っていてくれて、もどかしさや非難の色はぜんぜん見せなかった。彼女は何よりもそのことが嬉《うれ》しく、そうでなければとてもしなかったかもしれないほど頑張ってしまった。

一時間ばかりして厩舎に戻ってきたときは、乗馬をただ理解しただけでなく、できたらもっと続けたいほどだった。実際、たっぷり一時間も乗馬を続けてしまったのも、彼女がやめるのをいやがったからだ。もうおしまいにしようと、マクレーンが最後には強く言いはったためだが、なぜ彼がそう言ったのか、その理由が、馬を降りようとするときになって、ようやくステイシーにはわかりはじめた。

脚がいうことをきかず、初めに馬に乗れなかったとき以上に彼女は挫折感を覚えた。マクレーンの手助けは求めたくなくて、馬をさっきと同じ干し草の俵に近づけ、何度も試みたあげく、こわばった脚をようやく思いどおりに動かすことができた。

しかし、干し草の俵にブーツの片方がついたとたん、膝ががくっと折れ、馬房の壁の方に後ろ向きによろけてしまった。すぐ近くに立っていたマクレーンが彼女の腕をつかんで、背中が干し草の俵につくまで、ゆっくり下りられるようにしてくれた。もう一方のブーツも左側の鐙から外れ、馬が首をめぐらせて不思議そうに彼女を見た。

「大丈夫かい？」マクレーンが尋ねた。口元こそ笑っていなかったが、おもしろがっているらしく、目をきらきらさせている。

「プライド以外は。私、また立ち上がれるようになるかしら？」

「脚はいずれなおるさ。頑張って立つようにしてごらん。その間に、僕は僕の馬の面倒を見て、それから、きみの馬の世話もしておくから」

しばらくしてステイシーはなんとか立ち上がり、足を慣らそうと少し歩きまわりながら、マクレーンが彼の馬から鞍を外すのを見守った。それから、最後までやりとおしたほうがいいかもしれないと考え、鞍帯から始めてみた。ありがたいことに、鞍を外す作業はひどくスムーズにはかどった。そして、マクレーンが彼の馬に手早くブラシをかけているのに気づいて、自分もそのとおりにした。

彼女の努力は達成感によって大いに報われた。マクレーンにも喜んでもらえたらしく、ステイシーは嬉しかった。いままでこの結婚では、自分ばかりが特典を享受していたようなところがあったけれど、こういうことに協力さえすれば相手を幸せにできるのなら、ありがたいことだった。

ステイシーの将来への楽観は高まりはじめたが、それも、二人で家に戻り、書斎に入るまでの間のことだった。

万が一のとき牧場経営を引き継げるよう、それについて彼女に教えておくという考えを、マクレーンは忘れてもいなかったし、変えてもいなかったのだ。昨夜は何かこちらが勘違いしていたか、それともその考えは、人が気まぐれに思いつくけれど、実際には実現しない、そういう類《たぐい》のものであってくれればと、ステイシーは願っていたのだった。

マクレーンが気まぐれな考えに耽《ふけ》ったり、本気でやる気のないことを言ったりする人間ではないと、わかっていてもよかったのに。ただ、牧場のすべてをざっと見ておくといっても、どんなファイルがどこにしまわれているかとか、それぞれの目的にどんなソフトが使われているかとか、今後数カ月の仕事の予定表を見て、この先何が控えているか、だいたいのところをつかんでおく、という程度にかぎられてはいたが、それでも昼までかかった。

そのほとんどがちんぷんかんぷんで、基本的なものすら自分には理解できないかもしれない、とわかるのにそう時間はかからなかった。しまいにはステイシーは気が遠くなりそうになり、マクレーンを眺めやった。彼は彼女の心を読んだようににっこりした。

「そんなに心配しなくていいんだよ。気をつけていて、覚えられることだけ覚えていけばいい。何が行われているかわかるほど知っていればいいんだ。牧童頭もいれば、会計士も何人もいる。いろんな分野にそれぞれの主任もいる。きみは、全体がどう調和して進んでいっているかを知っていればいいんだ」

そう言われてみると大したことはないように思え、ステイシーは安堵《あんど》の胸を大きくなで下ろした。重圧感がなくなってみると、マクレーンが、男らしさを誇っているテキサス人でいながら、妻を何も知らない状態にして家に縛りつけておいたり、不甲斐《ふがい》ないただの飾り物にしておくタイプではないと知り、強い感銘を受けた。

彼は私と人生を分かち合おうとしている。完全に、全面的に、そして明らかに無条件に。今日のすべてがそれを物語っている。その事実には感動せざるを得なかったが、また心配でもあった。

今日は、乗馬も、美しい朝を外で過ごしたことも楽しかった。馬の世話すら、自分が少しは有用な人間だと久しぶりに感じられて楽しかった。

だが、ここに来てまだ一日足らずだ。今日のことは魅力的な新しい経験だった。でも、その魅力があせたら？　ニューヨークを恋しがる暇はまだなかったし、世間から隔離されたようなここの暮らしに耐えられるかどうか、本当の意味ではまだわかっていない。

いまのところ、だれかに出会ったのは、家の中で働いている人たちと牧童一人だけ。だからよく知っている人といえば、マクレーンだけといってもいい。そして、そのマクレーンすら、彼の本来の生活の場に戻ってきたいまは、ニューヨークにいたときとは全然違う。ニューヨークではこちらに迎合してくれて、彼女は甘やかされていると感じるほどだった。手を貸そうかと尋ねる前に、世話をやいてくれていることが多かった。ここでは、何かをしてやろうかと言ってはくれるけれど、そのたびに、本当は私がその申し出を断って自分でするのをこの人は望んでいるのだという印象を受ける。

私は本当にマクレーンやここの暮らしに慣れていけるかしら？　そうしようと、彼と結婚したときは、確かに心で誓いはしたけれど、これまでの、すぐに退屈して一つの興味から次の興味へと気まぐれに移っていった習慣を考えると、こういう生活を続けていくのに必要なものを私は本当に持っているかしらと心配になってくる。

今日学んだことがあるとすれば、それは、マクレーン牧場では何をするにしろ、そのどれ一つとして、辛《つら》い仕事や雑用が伴わないものはないということだった。さらに、鞍は必ず元あった場所にしまい、馬はきちんと厩舎に入れて水を与えておく、といった責任もある。

マクレーンにとってそういうことは、もうずっとやってきているものだから、なんとも思わないのだろう。こういう細々したことへの気配りは無意識にやってしまえるし、ミスもない。私のほうはいままで、鉢植えの草花一つさえ、ほかのだれかがいつも世話をしてくれていたので、水が切れていないかどうか心配する必要もなかった。

そんな憂鬱《ゆううつ》な物思いが、昼食の間もまだ尾を引いていた。しかし、仕事にふさわしい服を買いに町まで二人で出かけ、多少は気が紛れた。仕事着の買い物など初めてだったが、ショッピングに夢中になっていると、いつもの効果が発揮され、元気が出てきたのだ。

朝は新鮮な空気の中で、午後遅くは暑さの中で、あまりにも長く過ごしたせいか、ステイシーはすっかり疲れてしまった。そんなに疲れていると、ふつうは食欲が減退するものだが、今日はひどくおなかが空《す》いて、夕食が待ち遠しいほどだった。一口一口マクレーンに負けないくらい食べ、食事が終わったときは眠気に襲われ、テーブルに突っ伏してそのまま眠ってしまいそうだった。

「大変な一日だったようだね」マクレーンに言われ彼女はぼんやりとそちらを見た。「シャワーを浴びてベッドに入りたいのなら、遠慮はいらないから、どうぞ」

物心ついてから夜の七時前に寝たことなんてあったかしら？　でも、目を開けているのがますます難しくなってくる。それに、体のこわばりも刻々とひどくなってきて、立ち上がるだけの気力を奮い起こせるかどうかすら自信がなかった。

「どうしてこんなに疲れたのかわからないんだけれど、もしあなたが本当にかまわないなら、せめてシャワーだけでも浴びてこようかしら」

立ってみようとテーブルに手のひらをついたとたん、マクレーンがそばに来て、立ち上がるのに手を貸してくれた。おかげで、うめき声だけは辛うじて抑えられた。筋肉痛が時間を追うごとにいっそうひどくなってきていたが、いまは体のこわばりも増してきて、痛みは激痛に近くなっていた。

「熱い湯につかってその痛みを少しでも取りたいなら、そうしたほうがいいかもしれないよ」マクレーンに言われ、ステイシーは首を振った。

「バスタブだと眠り込んで溺《おぼ》れてしまいそう。シャワーでいいわ」いざ立ってみると、立ち上がるときの痛みがやや治まり、ステイシーはテーブルを離れて歩きだした。

それほど長い間馬に乗っていたわけでもないのに、こんなになるなんてだれが考えたかしら？　私は馬の背に座っていただけで、あとは馬が全部してくれたのに。けれどいまは、二度と馬にお目にかからなくても結構という気分。ましてや馬にまた乗るなんて、もっと結構だった。

最初の二、三歩、マクレーンはついてきたが、あとは彼女が廊下に出るのを見送っていた。主寝室に入ると、今夜は忘れずに寝間着を持ち、服を脱ぐ試練に耐えようと覚悟を決めて、ステイシーはバスルームに入っていった。

ブラウスを脱ぎ、ジーンズのホックを外してから、初めて分別が働きだした。ブーツをまず脱がなくては。けれどどんなに頑張っても、ブーツはびくともしない。片方のブーツのつま先でもう一方のブーツのかかとを外そうとしても、梃子《てこ》の力を増すだけの高さまで膝が上がらない。蓋《ふた》をした便器に腰かけて、ブーツを引き抜こうと片脚を曲げると、両脚ともひどいこむら返りが起こってしまった。

痛くもあり、ひどく苛立ちもしていたが、ステイシーはようやくまた立ち上がり、ブラウスを着ようと手をのばした。どれほど滑稽《こっけい》に見えようと、ブーツを脱ぐのをマクレーンに手伝ってもらわなくては。彼にどう思われようとかまわないくらい、疲れ果て、気も動転していた。

動くたびにどこかで何かが痛み、腹立ちがつのるばかり。バスルームの引き出しに鋏《はさみ》があるのを前に見かけたことがあるが、それだけの力が残っていれば、忌々しいブーツを切り裂いてやりたいくらいだ。

自己憐憫《れんびん》はここ数カ月で前より少しは慣れ親しんできた感情だが、泣きたいようなこの暗澹《あんたん》とした気分は、まったく彼女らしくなかった。ブラウスの袖《そで》に手を通そうとして、重い鞍との格闘もひどくこたえているのがわかった。一度もジムに行かず、体も鍛えなかったつけも回ってきたみたい。

ブラウスのボタンに手こずり、彼女は恥ずかしくない程度に留められていればいいと妥協する。だが、マクレーンを捜しに足を引きずりながらバスルームを出たとき、プライドが頭をもたげてきた。

マクレーンは、テキサスの中でもとびきりのカウボーイだ。私の苦境を大笑いするだろう。今日は何回か私のことをおもしろがっていた。声をたてて笑うほど礼儀知らずではなかったけれど。でも、私だって正直言って、脱げないのが自分のブーツでなければ、忍び笑いぐらいはしてしまうだろう。初めての乗馬のあと、筋肉痛がいつまでも残るなんて、これまでなら考えもしなかっただろう。それにブーツが脱げない人がいたら、少しは私もおもしろがっただろう。

マクレーンは恐らく物心ついてからずっと馬に乗ってきただろう。だから、私がどんなに辛いかわからないかもしれない。それにこの陰鬱な気分では、都会のお嬢さんだからとか、女はそういうものだとかいった、寛大な批評は聞きたくない。

助けを求めるのを諦《あきら》め、もう一度やってみよう。ステイシーは大きな寝室を見まわし、ブーツを脱ぐのに役に立ちそうなものはないかと探した。そのとき、ブーツ用の靴べら《ブーツジャック》がクロゼットにあるかもしれない、と思いついた。今日行った、いかにも西部らしいお店でも幾つか見かけたし。彼女は足を引きずってクロゼットのドアを開けに行き、調べてみた。案の定、三足のブーツの横にブーツジャックが置いてある。

ほっとしてドアフレームにつかまり、バランスを取って、ブーツジャックを使ってみた。しかし、それをブーツの中に十分深く突っ込む前に、足が引きつってしまった。ブーツがすっぽり脱げるほど脚を高く持ち上げられない。それで、そこに突っ立ったまま、この新しい拷問を終えようと、引きつっている足を必死で元の場所に押し込もうとした。

「マクレーン！」という恥知らずな低い泣き声は、寝室の半ばまでしか届かないほどの小さなつぶやきだった。だが、それに応《こた》える低く太い声がして、ステイシーは少なくとも一メートルは飛び上がりそうになった。

「ブーツに手を焼いているんだね？」

驚いて肩越しにぱっと振り向いたせいで、いっそうバランスを失ってしまった。マクレーンが走ってきてタイミングよく腕をつかんでくれなかったら、不面目にもよろけて床に倒れていたところだった。

# 8

「ちくしょう、ブーツのことを考えておくべきだった」マクレーンが荒々しく言った。

ステイシーは泣きたいような暗い気分が消えていくのを感じた。たちまちいちばん手近の安楽椅子に連れていかれ、そこに座らされると、ほんのわずかなばつの悪さしか感じないですむほど素早く簡単に、ブーツを一足ずつ脱がされていた。

「やはり、風呂に入ったほうがいい。できるだけ熱くして」

無理にでもそうさせるつもりだわ。ステイシーは疲れてぼんやりした状態からはっと目覚め、彼の強情そうな顔を見上げた。この状態では一人でバスタブに入ったり出たりできないのはわかっている。あわてて彼女はマクレーンに思いとどまらせようとした。

「まあ、いいのよ。熱いシャワーで十分だわ。すぐによくなるから」

黒い瞳をマクレーンはきらりと光らせ、彼女の顔を鋭く見つめてからにっこりした。

「うそつき。かなり痛いはずだ」笑みが消えた。「それに、そいつは僕の責任だ。今朝の乗馬はもっと早く切り上げるべきだった」

「いいえ」ステイシーはせっかちに言った。「大丈夫なのよ、オーレン。このブーツに手こずっていただけなの。履きなれてないし、革はかたいし」たじろいだり痛いと叫んだりしないように、懸命に頑張りながら、彼女は立ち上がった。

マクレーンが後ずさって場所を空けてくれた。

顔をしかめたくなるのをごまかし、彼女は歪《ゆが》んだ笑みを浮かべた。「私、体のどこも曲げたくなくて。シャワーだと曲げないですむでしょう」それからためらい、親切心からしてくれたらしい申し出に対し、ふさわしい感謝の気持ちを表したいと言葉を継いだ。「でも、ありがとう」

痛がっている様子を見せないように、彼女はなるべくスムーズに歩こうと努力した。目に涙が浮かんできたが、バスルームまでなんとかたどりつけた。マクレーンが中までついてきて、簡単に彼女を追い抜き、バスタブの中の排水レバーを押して閉め、湯の蛇口をいっぱいに開けた。

ステイシーが一歩脇《わき》に寄って逃げようとすると、マクレーンは彼女の手首を束《つか》の間《ま》つかんで引き止め、それからブラウスのボタンを外しはじめた。

「別にきみを抱こうというのでも、ヌードをちらっと見ようというのでもないからね」低い声で怒ったように、そして少しじれったそうに言う。

「でも、ちらっとは見えるでしょうね。〝ちらっと〟というのがどの程度かは、男性によって違うでしょうけど」顔にさっと血が上るのも、皮肉な口調も、ステイシーは抑えられなかった。

「下着までは脱ぐのを手伝って、そのあと僕は壁を見つめているよ。それでどうだい？」

「ふん、周辺視力とかいうのもあるんですからね、マクレーン。それに鏡という手も」

彼女がおずおずと冗談めかして言うのには、マクレーンは答えなかった。「きみが体をタオルで包めば、僕が抱いてバスタブの中に入れてあげる。きみは湯の中でもそのままタオルをつけていればいい。上がるときには、僕が立たせてあげて、ここから出ていくから。きみは濡《ぬ》れたタオルを外してバスタブの中に落とし、乾いたのをつければいい。それでどうだい？」

マクレーンが彼女のベルトのバックルを外し、それをベルト通しから引き抜く間、ステイシーは彼の厳《いか》つい顔を見つめていた。だが、その指がジーンズのスナップにかかったとたん、おなかの辺りに熱い稲妻が走るのを感じた。

「だって、それではあなたが大変でしょう？」そっと尋ねると、彼の指がためらいがちに一瞬止まった。

「僕が洗濯するわけでなし。タオルをたくさん使えば、きみがバスタブにつかって、いくらかでも楽になるのなら、僕も自分を思いやりのない卑劣な男だと、あまり感じないですむかもしれない」

こうなったことにマクレーンが心からうろたえて、自己嫌悪に陥っている。ステイシーはそれを知ってひどく感動し、彼への優しい気持ちがふいに胸にあふれてきた。

「まあ、オーレン。どうか自分を責めないで。私は怠け者で、少しでも骨の折れることは何もしてこなかったわ。だから、こうなったのは私のせいなの」言葉だけでは足りないと感じ、彼のそげたような頬に手を当てた。「お願いだから、自分を責めないで」

マクレーンの指の動きが止まり、彼女の顔をのぞき込んだ。たちまち前かがみになり、優しく甘美なキスをすると、すぐに唇を離した。

「ファスナーは下ろしたよ。これからブラウスを脱がせてジーンズを引き下ろすんだが、その前にタオルがほしいかい？」

自分の内気さをそんなふうに大事にされて、ステイシーはいっそうじんときた。目頭がなお熱くなる。「タオルはあとでいいわ」

こんなことで聞き分けのないことを言ってみても始まらない。だって、マクレーンは夫なのよ。まだ体の関係はないけれど、下着姿を見られても、大してかまいはしないでしょう？　プールで水着を着ているのを見られるのと同じですもの。

器用にブラウスが脱がされ、足をほんの数センチ上げればすむようにジーンズも押し下げられた。ついでに、ソックスも脱がされた。彼に服を脱がせてもらっているのだという思いに、ステイシーは胸がいっぱいになった。

マクレーンが背を向けて湯加減を見、少し冷たい水を入れようと蛇口を調節している間に、ステイシーはあわてて下着を脱いだ。洗面台の上から大きなタオルを一枚取って、不器用な手つきで広げ、体を包む。それから、つま先を使ってブラジャーとパンティーをほかの衣類の山の下に突っ込んだ。

「タオルを巻いたかい?」マクレーンにきかれ、彼女は〝ええ〟と答えた。「では、さっさとやってしまおう」

マクレーンがこちらを向いた。そして、縁をまたいでバスタブに入ろうとする彼女の手を取った。

「一人でやらせてみて」膝を曲げることよりも、抱き上げられるほうを彼女はもっと警戒したのだ。片手を彼の肩に突き、よろけないように腰をつかんでもらうと、彼女はバスタブに入った。すると彼が身を乗りだしてきて、両手で彼女の体をしっかり抱え、湯の中に沈めてくれた。

「熱すぎないかい?」

「それほどでも」

彼女が腰を下ろしているのを確かめ、マクレーンは両手で湯をかき回した。「本当に熱すぎないかい? ゆでだこになる必要はないんだからね」

「大丈夫よ。ただ、これ以上は熱くしないで」バスタブの端にそっともたれようとすると、思っていたより間が離れすぎていて、あわてて彼の腕につかまって体を支えなければならなかった。

マクレーンが湯の中に手を入れて腰を抱え、もう少し後ろにずらしてくれた。彼は体を起こしてキャビネットを開け、厚手のタオルを二枚取りだした。そしてたちまち一枚を後ろから彼女の肩にかけ、もう一枚のほうを、バスタブの縁に置いて枕《まくら》にしてくれた。

「まあ、すてき。最高だわ、オーレン。信じられないくらいいい感じ。ありがとう」

マクレーンが体をのばし、バスタブのそばにそびえるように立った。「ズボンの二重の縫い目で膝の後ろがこすれたようだね。もう少し上のほうはどう?」

「ええ、そこも」

「だから、ズボンの内側はやはり平らな縫い目でなくてはね」

ステイシーは疲れた笑みを浮かべた。「そんなこと考えてみもしなかったわ」

「もう忘れないだろう?」

大丈夫、と言うように、ステイシーは目をくるっと回してみせた。

マクレーンは彼女に背を向けてキャビネットに行き、アスピリンの瓶とチューブ入りの抗生物質の軟膏《なんこう》を用意し、何かの入った小さく丸い容器も取りだした。

「バスタブから出て体を拭《ふ》いたら、この軟膏は、みみず腫《ば》れにつけて、これは――」容器の蓋《ふた》を軽く叩《たた》く。「体の痛む部分どこにでも塗るといいよ。だが、アスピリンは今すぐのんだほうがいい」

彼は瓶の蓋を開け、錠剤を二つ振りだした。グラスに水を入れ、それと一緒にハンドタオルも持ってくる。彼女の両手を拭き、片方の手のひらに錠剤をのせた。それから、彼女が錠剤をのみ込むまでそばについていて、グラスを受け取ると、それを洗面台の横に戻した。

ステイシーは、まだ小さいころ養育係《ナニー》にしてもらった以外、これほどまでに人に面倒を見てもらった覚えはなかった。母親のことは記憶が薄れてあまり思いだせないし、十代のころはふつうメードのだれかがこういう世話をしてくれた。けれど大人になってからは、どこか具合が悪かったり怪我《けが》をしたりしたときは、一人で部屋に閉じこもりがちだった。マクレーンは優しいいし気配りが行き届いていた。大事にされているという感じがして、ステイシーはいっそう彼に打ち解けていった。

「書斎でしなければならない仕事があるのなら、私はもう大丈夫だから」

「ついさっきまで、食卓でそのまま眠ってしまいそうだったし、いまもまだ目がくっつきそうだよ」

バスタブの中で体を洗い、シャワーを浴びるのは朝にするつもりだった。だが、熱い湯が効果を現すまで手持ちぶさたにここに残っていなければならないと彼に感じてほしくなかった。

マクレーンは皿にのせた石鹸《せっけん》と浴用タオルを持ってきて、バスタブの縁に置いた。「二つばかり短い電話をかけなければならないが、それが終わったら戻ってくるよ」

一人にしておいてもいいものかどうか、自信がなさそうに顔を探られ、ステイシーはにっこりして、多少でも元気に見せようとした。「私は大丈夫。行って、電話をしてきてちょうだい。でも、急がなくてはと思わないでね」

ドアを半分閉めてマクレーンは出ていった。ステイシーは石鹸に目をやった。ひどく眠かったが、頑張って浴用タオルに石鹸の泡を塗りつけ、体を洗いはじめた。いずれにしろ朝になったらシャワーを浴びようと自分に誓う。ざっとすますと、だんだん冷めてきた湯に熱いものを足そうと蛇口の方になんとか体をずらしていった。

もう少し楽に動けるようになるまでつかっていようと、古い湯をいくらか流し、火傷《やけど》するほど熱い湯を足しているとき、寝室でマクレーンの声がした。

「まだ起きているだろうね？」

「ええ、大丈夫よ」叫び返しておいて、ステイシーは心に決めた。彼がまた立ち去ったら、バスタブから出て寝る支度をしよう。とにかく、体は淡いすもも色になってしまっているし、これ以上つかっていても効果があるかどうかわからない。

「まだ出られそうにないなら、またすぐに戻ってくるから」

「私は大丈夫よ」ステイシーは繰り返し言った。どうぞ立ち去ってくれますように。もう十分してもらったし、あとは一人でできる。大丈夫と繰り返すのにうんざりしてきてもいる。そのことを言うたびに、二人ともうそだと知っているという感じがしてきたのだ。

それ以上何も聞こえなくなったので、ステイシーは慎重に立ち上がり、マクレーンが無造作に置いていってくれたパイル地のバスマットの上に、慎重に足を踏みだした。さっきよりはずっと痛みも少なく、すべてが前よりかなりスムーズに運んだのでほっとする。それから体を拭き、必要な所に軟膏を塗った。容器に入った塗布剤は、痛む箇所すべて――腕にまで――たっぷり擦り込んだ。

塗布剤を塗った所が心地よい熱を帯び、痛みを和らげてくれる。においもあまり強くなかった。ネグリジェを着て振り向き、排水レバーを引いて、バスタブの湯を流す。バスタブの中で体に巻いていたバスタオルの水気をせめて少しは取っておこうと、厚くて重いタオル地を大変な努力で絞ろうとした。しかし、あまりうまくできなくて、結局、畳みもせずにそのままバスタブの中に残し、ほかのバスタオルと浴用タオルは大型のバスケットに入れた。

歯磨きをすませ、寝室に入っていくと、ベッドの上掛けが折り返してあるのが目に入った。安楽椅子にかけてマクレーンを待とうと思ったが、足元がふらついてまっすぐには歩けないほどだった。

ベッドで横になっていても、マクレーンが戻ってくるまで、眠らずに待っていられるかもしれない。電気をつけたままにしておけば、少しは眠気を追い払う役に立ってくれるだろう。ベッドに横になって、エアコンからの冷気を避けようと上掛けを引っぱり上げる。とても心地よくて、安堵《あんど》の吐息がもれた。たちまち、彼女は眠ってしまっていた。

マクレーンは寝室に入っていった。妻はすでにベッドに入り、ぐっすり寝入っている。その日の朝とそれに午後にも日焼け止めクリームやアロエベラを塗ったのに、頬や鼻の頭、さらに手の甲も、わずかだが日焼けしている。天使のように見え、同時に、若く初《うぶ》で、か弱そうに見える。

彼のようなたくましい男にとっては、あまりにもか弱そうに見える。

彼はいままで、ステイシーがここにいることを、彼女を矯正するプログラムと見なしているところがあった。彼女の中に見た気骨や気迫を引きだしてやろうと考えていたのだ。いままでの彼女の生き方というか、本当には生きていないその生き方を非難していたのだ。一方、自分は目的を持って、彼女よりずっと立派に生きていると思っていた。まるで、ステイシーの人生は無価値で、自分の人生は有意義であるかのように。そして、惚《ほ》れた相手である彼女のために、人生を改善してやろうとしていたのだ。

だがステイシーは、適切な管理や調教のやり直しで何かの価値を持つようになる、失敗した牧場経営でもなければ、酷使されたり虐待されたりしてきた馬でもなかった。彼女は、欠点や弱点、恐怖を抱いてはいるが、それを克服して生きていく道を、自分で見つけていかなくてはならない一人の女性なのだ。

彼女は親切で優しく、美しさも優雅さも持ち合わせている魅力的な女性だ。知ったかぶりの人間がその人生に割り込み、矯正したり改善してやろうとして、性格形成プログラムを無理強いする必要などなかったのだ。

だからこそいま彼は、自分が傲慢《ごうまん》な、どうしようもない人間に感じられた。実を言うと彼は、ステイシーを自分の理想の型に当てはめてやろうとして結婚したのだ。金があるときでさえ、彼女は不幸だった。だから自分と一緒なら、その資質を十分に発揮できる何かを見いだせるかもしれないと思ったのだ。流行の先端をいく衣装を手に入れたり、気まぐれを満足させたり、すてきなパーティーに行ったりするよりは、もう少しはましな――彼の心を虜《とりこ》にした女性にふさわしい――目的や生き甲斐《がい》を持てるのではないかと。

だが、彼と結婚してほんの一日ばかりで、ステイシーは乗馬で足腰が立たなくなるほど疲れはて、あちこち痛くなり、今夜は身動き一つするのも辛《つら》そうだった。彼はステイシーに多くを期待しすぎ、厳しすぎたのだ。ステイシーが彼に恩義を感じ、そのせいで彼を喜ばせたいと思っているのはわかっていた。だから、選択を迫られれば、彼女がどちらを選ばなければならないと感じるかもわかっていて、どうしたいかを選ばせたのだ。

僕の操作が彼女をここまで追いつめたのだ。彼女はそんなに丈夫でもなければ、こういうことにも全然向いていない。僕はそれを知りながら、その事実を真剣には受けとめていなかったのだ。だから、まだ日没前なのに、彼女は死んだように眠ってしまった。

それもあって、彼はもう期待するのはよすつもりになった。いままでの期待をさっぱり捨てて、もっと寛大になろうと決めたのだ。


翌朝目覚めたとき、ベッド脇のテーブルにあるデジタル目覚ましの数字を見て、ステイシーは寝過ごしたと気づいた。もう五時十五分！

しかも大きなベッドに一人きり。マクレーンがここにいた証拠に、その場所はまだかすかに温かいし、隣の枕はくぼんでいる。でも、もう起きて出ていったのだ。頭が混乱し、こわばった体で起き上がり、大きなバスルームに行く。ここでは朝が早いと言っていたのに、起こしてくれなかったなんて驚きだった。

ゆっくり休めた感じで、昨夜よりはずっと気分がいい。彼女は急いで支度にかかり、コニーが洗ってアイロンをかけておいてくれた新しいジーンズと、シャンブレーの、これも新しいブラウスを選んだ。ブーツを履くのは少しばかり大変だったが、動きまわったおかげで、こわばった筋肉もかなりほぐれてきていた。

朝食に遅れなければいいけれど、と思いながら食堂に急ぎ、アリスが料理を出すのにちょうど間に合った。自分の椅子に近づいていくと、マクレーンが新聞を畳んで脇に置いた。

彼は立って椅子を引いてくれた。「こんなに早く起きることはなかったんだよ」朝早いせいで、声がかすれている。

何が起ころうとしているかすぐにわかり、ステイシーは胃が痛くなった。「私のこと、もう諦《あきら》めたわけではないでしょうね?」ナプキンに手をのばしながら穏やかに尋ねてみる。

答えがなかなか返ってこない。とすると、やはりそうなんだわ。

「昨日きみがやりすぎるのを僕は止めなかった」ようやく口を開き、それからすぐに言いなおした。「いや、むしろ僕がきみにそうさせたんだ」

やりすぎ……。過去のやりすぎが——めったにないし、ずいぶん昔のことだが——次々と思いだされる。ローラースケートに行って膝をすりむいたとき。学校のバレーボールのトーナメント試合で、風邪をひいているのにプレーしようとして気を失ったとき。スキーを覚えようとして足首をくじいたとき。ほかの両親なら、うろたえもしないような、小さな出来事なのに、祖父はかっとなって、そういうスポーツをそれ以上するのを彼女は禁じられたのだ。

「あなたが強制したわけではないわ」膝にナプキンを広げながら言う。「それに、乗馬は楽しかったし」

「きみには大変すぎたし、早すぎたんだ」

彼女はオレンジジュースに手をのばし、それからためらった。ほかのときの会話が思いだされる。

〝私の大事なステイシーや、そんなにか細いのに、そんなにやる気満々で……。だが、おまえはそんなことには向いてないんだよ。そんなことは、適性のある人に任せておきなさい。それができる人はほかに掃いて捨てるほどいるんだから〟

祖父の気に染まないことを、あえてしようとすれば、祖父は痛烈で残酷な言葉を平気で使った。そんな独裁者を前にしては、本当の好奇心も冒険心も維持するのは難しい。マクレーンも結局、祖父と同じタイプの人間なのかしら？　彼ほどそうでない人はいないと思っていたけれど、きのうは、私が考えていたほどいい出だしではなかったのかもしれない。

〝やりすぎ〟という言葉にひっかかってしまう。おまえが浅はかにもやりすぎたときは、どうなるかわかっているはずだ、と祖父は言った。

そう、どうなったか、どうしてそれを忘れられるかしら？

〝おまえには分別ってものがあるとは思えないからなあ。そいつはおまえには無理だと言うんだよ。またどうして恥をさらしたいんだね？　まったくの間抜けに見えたというのに。笑止千万にもな……〟

でも、今回は引き下がらないわ。もう少し押してみようとステイシーは決めた。「今日もう一度トライできたらと思っていたのよ」

「今日はだめだ」にべもなく言われ、彼女の心配はいっそう裏書きされた。ジュースを一口飲んで、ステイシーはグラスを置いた。

「明日はもっとうまくできる、と言っていたのではなかったのかしら？　その明日は今日よ」

彼女はマクレーンから目をそらさないようにした。黒い瞳がこちらの目を迎え、手渡してくれようとしていた取り分け用の料理に向けられる。ああ、彼が何を言いたいか一目瞭然《りょうぜん》だわ。「今日は家にいなくては。明日もそのほうがいいかもしれない。もう一度馬に乗るのは、体調が少しよくなってからだ」

肉料理の皿をステイシーは受け取り、ベーコンとソーセージを自分の皿に入れた。「ばかばかしい」適度の陽気さと無頓着《むとんちゃく》さを声にこめ、思いきって言ってみる。「今朝はずいぶん具合がいいんですもの。動けば動くほど楽になるし。乗馬を楽しみにしていたのよ。それに、ひょっとしたらもっと上達するかもしれないと思って」

マクレーンが、片腕をしっかりテーブルについて、厳しい顔を向けてきた。「昨夜《ゆうべ》のきみを僕が見ていなかったとでも？　動くたびに泣きそうだったじゃないか」

心の中で何かがしおれるのをステイシーは感じた。彼が私のことを心配して、辛い思いをさせないようにしてくれるのはいいけれど、それだけかしら？

「私には乗馬はうまくできないと、もう見切りをつけたからではないでしょうね？」

「きみは一時間も乗っていなかった」

「それなのよ、私が言いたいのは。私は一日中乗っていたわけではないのよ。昨夜ああだったからといって、私には馬が乗りこなせるようになれないと決まったわけではないでしょう？　ただ、あまり運動が得意でないというだけだわ。ふだん、ジョギングをしたりトレーニングに励んだりしていないから、少しは筋肉痛にもなるでしょう」マクレーンの顔がこわばるのを見て、ためらったが、また言葉を継ぐ。「今日もう一度馬に乗れば、体も鍛えられるし、馬の手入れや、鞍《くら》のつけ方の練習もできるわ。そういうこともっと上手に速くできるようにならないといけないでしょう？」

「あんな足腰も立たないようなきみを二度と見たくないんだ」マクレーンの声には、人をひるませるような厳しさがかすかにうかがわれた。「今日は馬には乗らない。明日も恐らくだめだろう。それから数日は、一日二十分ばかりに限定して、慣れてくれば、だんだんに長くしていく」

彼女はもどかしさを感じずにはいられなかった。賭《か》けてもいい、テキサス中のどこを捜しても、こんなに甘やかされている人はいないはず。珍しく反発心がわいてきて、素直には引き下がれなくなった。

「私、見かけより強いのよ、オーレン。それに何ができて何ができないか、自分で決めることだってできるのよ」声がこわばらないように気をつける。

自分で決めるという点については、本当は自信がない。ふだんは、挑戦ということでは、とりわけそれが肉体的な挑戦の場合は、自分はあまりうまくやれないと初めから思い込んでしまうほうだから。いま、いつもと違うことをやってみて、それがうまくいくという確信はないが、いままでの人生への対し方は事態を悪くしただけだ。

厳しいまなざしをまたマクレーンが向けてくる。ひょっとしたら、この人、かなり苛立《いらだ》っているのかもしれない。「そう思うかい？」

挑むような調子。かすかな警告の響きもある。私、なぜあんなふうに言いつのってしまったのかしら？　ふいにわからなくなる。私が臆病《おくびよう》者で、難しいことや苛酷《かこく》な要求は、できれば避けてきた人間なのは、神様もご存じなのに。それなのにいま私は、体力的にとても無理だと証明されたことをやらせてほしいと、彼を説き伏せようとしている。

恐らく、マクレーンの言うほうが正しいのだろう。数日待って、それからゆっくりやっていくほうがいいのかもしれない。私はもっと苦しい目に遭いたいの？　マクレーンは馬や乗馬のエキスパートで、私は絶対にそうではない。私がトラブルを求めていると彼は考えているらしい。でも、どちらの選択が私にいっそう大きなトラブルをもたらすかしら？　いままでどおりの生き方？　それとも、新しい試みに自分を賭けてみること？

マクレーンの怒ったような問いかけ――〝そう思うかい？〟が、まだ答えを待っている。

「ええ」物静かな返事は、感じているよりずっと確信ありげに響いた。しかし、そう言ったとき、これはとても重要なことだとステイシーは気づいていた。これまでは、軽薄にわがままに、あまり気に染まないことは避けて生きてきた。いまそれを変えていかなくては。乗馬を覚え、その努力に耐えていくのは、脳の外科手術や世界救済ほど大変なことではないでしょう？

二人の間の緊張を少しでも和らげられればと、ステイシーは微笑を浮かべてみせた。

「いま私は牧場主の妻なのよ。ここのいろいろなことに私も参加してほしいと言っていたでしょう」

笑みを絶やさないようにしながら続ける。

「いままでのところ、私はちょっぴり日焼けして、みみず腫れが二箇所ばかり、筋肉痛がいくらかあるわ。でも、全部をひっくるめても実際はなんでもないことなのよ。ただ、あなたには昨夜迷惑をかけたけれど。でもそれ以外は、どうだっていうの？」

こんなふうに言っている自分の声を聞いていると、勇気が与えられ、すべてを客観的にとらえられるように思えてくる。彼はどうかは知らないけれど、少なくとも自分は。

マクレーンの顔が頑《かたく》なになり、そのせいでステイシーは、このところこれほど何かに燃えたことがないというほど熱くなってきて、先を続けずにはいられなくなった。

「だって、そうでしょう？　私はあなたに言われたことを全部なんとかこなしたわ。途中で投げださなかったし、むしろ楽しんだ。馬に乗るのを楽しんだのよ。あの一分一秒を。楽しかったし気分もよかった。私、心配していたの。ここになじめないのではないかと。何一つ好きになれないのではないかと。でも、好きになったのよ、オーレン。美しい朝を外で過ごすのもすてきだったわ。何もかもとてもすてきだった。だから今日もまた同じことをしたいの。全部をもう一度」

本当にそうなのだと意気込むあまり、声が甲高くなってしまっているのにふいに気づき、ステイシーは唐突に口をつぐんだ。まあ、いやだわ！　ほかの人にとっては取るに足りないことで大騒ぎしてしまって。マクレーンにとっては確かに取るに足りないことだろう。カウボーイなら一日中馬に乗っていても、それをなんとも思わない。そんなマクレーンの世界では、一時間ぐらい馬に乗るなんて歯牙《しが》にもかけられないことなのに。

ステイシーは顔をそむけた。スライスされたメロンの鉢に思わず手をのばし、一切れを自分の皿に取っていた。マクレーンはまだ何も言わない。けれど、見つめられているのはひしひしと感じる。なんてばかな女だと思っているのかしら？　あるいは、とんだ女と結婚したと後悔しているのかしら？

「わかった。では今日も馬に乗ろう」

低い声で言われ、ステイシーの視線が彼の目へと走った。きまじめな顔を探り、非難の色を読み取ろうとする。しかし、もどかしいほどどっちつかずの表情をしている。やがて、かすかな笑みに口元が緩むのが見えた。

「きみはやるだろう、ステイシー・マクレーン」

〝きみなら大丈夫だ〟という意味のカウボーイ表現だろう。ステイシーはほっとし、用心深くにっこりした。するとたちまち、興奮の最初の小さな火が灯《とも》り、何か新しく、とてもすてきなことが始まろうとしているような気がしてきた。

# 9

それからの数日は本当にすばらしかった。バラエティーに富んだ一日の日程も決まってきて、ステイシーはそれをこの上なく楽しんだ。朝は食後の乗馬から始まり、ピックアップトラックで牧場のどこかへ出かける。ステイシーはトラクターさえ運転できるようになり、信じられないほど楽しかった。とりわけ、後ろにブレードがついたトラクターで、牧場内の道にある浅い轍《わだち》の跡を幾つかならす作業を始めたりしたことが。

午後は書斎でのデスクワーク。毎日処理しなければならないことがいろいろあった。夜は、家の中で過ごすとはかぎらなかった。ときには、町に出て地元のレストランで食事をする。ある夜は、近くの牧場のバーベキューパーティーに出かけ、ステイシーはマクレーンの隣人たち数人と知り合いになった。

マクレーンの友人たちは彼をマックとかオーリーとか呼んでいた。彼が尊敬され、とても好感を持たれているのは、見ていてもよくわかった。そして、人々が彼に抱いている好意が、自然にそして惜しみなく自分にも注がれるのにステイシーは感動した。

一夜にしてといっていいほどにわかに、あれやこれやの招待状が舞い込みはじめた。マクレーンは、自分の牧場でも同じようなパーティーを開く準備をしてもらえれば嬉《うれ》しいのだが、とステイシーに伝えた。

二日間、馬に乗らない朝があった。マクレーンが二人で牛の市に出かけようと、フォートワースまでセスナ機を飛ばしたのだ。二人は、一晩そこに泊まってロデオを見た。もちろんマクレーンは、彼女を近くのダラスにある高級百貨店ニーマン・マーカスへ買い物に連れていった。

大きな車庫にしまわれていた、ニューヨークからの彼女の荷物も、暇を見ては少しずつほどかれた。そのたびに、アムハースト家の絵画やアンティークが一点二点と、マクレーン家の大きな母屋の家具の間に居場所を見つけていった。荷ほどきにも、夏物の衣類を寝室のクロゼットにかけるのにも、コニーが手を貸してくれた。一方、冬物はゲストルームの二つのクロゼットに分けてしまわれた。

ステイシーの体は自ら増やしていく負担に反応しつづけた。そのため、夜寝る前に熱いお風呂にゆっくりつかるのが欠かせないものになった。二週間ばかりすると、あとに残る筋肉のこわばりもしだいに減ってきて、熱いお風呂が必要というよりは楽しい習慣にまでなっていった。

二人の日々は、二日として同じ日はなかった。ニューヨークでの昔の暮らしがあまり恋しくないのに気づき、ステイシーは驚いた。一日中何かに忙しく追われているようだが、思いだすかぎり、これほど平和で満ち足りたときもほかにはなかった。そして、マクレーンとの深まっていく関係は一刻ごとに甘く心地よいものになっていった。

しかし、そんな中にも二つの欠陥があり、すぐにステイシーを苛立《いらだ》たせはじめた。そのうちの二番目に気になる欠陥は、一カ月近く前の結婚以来ずっと待っている初夜がまだないということだった。二人の間の性的な高まりはしばしば、いまにも一線を越えそうなほどになるのだが、最後の瞬間にいつもマクレーンは身を引き、あるいは激しいキスがそれ以上に発展する前に、とても巧みに抑制してしまうのだった。

この問題についての懸念は、二人の間がこれ以上ないほどうまくいっていなければ、もっと深いものになっていたかもしれない。とはいっても、気がかりであるのに変わりはなかった。

しかし最大の、そして本当に深刻な懸念は、二人の仲がどれほどしっくりしたものになっても、〝愛している〟という意味のどんな言葉も、彼の口からまだ聞かれないということだった。

もちろんステイシーも言ってはいない。だが、いまはもう彼に夢中で、愛していると告白する、いいタイミングを辛抱強く待つだけでせいいっぱいだった。

結局ステイシーは、マクレーンにその言葉を言わせるように仕向けようと、出し抜けにきっぱりと決めてしまった。ベッドを共にしている最中なら、自分の感情を、こちらもそうだけれど、マクレーンもきっと思わず口にしてしまうだろう。それはまったく理にかなっているとステイシーには思えた。彼女との関係を途中でやめるのが、マクレーンにはしだいに難しくなってきている。彼がキスをますます早く、いっそう唐突にやめるようになってきたのは、彼の中に感じられる緊張のせいらしいので、ステイシーはその意をなお強くさせられた。

私は、キス以外のことはまだあまり知らないし、男を誘惑するというイメージからはほど遠い女だけれど、何か新しい手を試みる時期ではないかしら？　この一カ月、ほかの多くの新しいことにチャレンジして、どれにもかなり成功している。だから、これもうまくいくかもしれないと思えてくる。

ステイシーはクロゼットの鏡の前で、いらいらと寝間着を体に当ててみながら、思い悩んでいた。気恥ずかしいほどセクシーな淡いピンクのナイティは、この前、サンアントニオにマクレーンと行ったときに、万が一のためにと買っておいたものだ。つまり、そのときそれを見かけ、ひょっとしてそういうものに頼らなければならなくなるかもしれないと思って、買ったのだった。

細い肩紐《かたひも》は信じられないほど華奢《きやしや》だが、ほとんど何も吊《つる》しているわけではないので、それで十分すぎるほどだった。トップは、胸元が深く切れ込んで、裾《すそ》はおそろいのボトムのウエストラインすれすれにかかるところで終わっている。透ける素材は、それが覆っているものをほとんど隠していない。今夜のためには最高の選択だった。

マクレーンがこのほのめかしに気づかないようなら、次の手はヌードだけれど、ナイティの生地の透け具合からすると、これを着ているのと何も着ていないのとの違いは言葉の文《あや》にすぎないように思えてくる。

でも彼が、ここ数日そうだったように、おやすみのキスをしただけで、背を向けて眠ってしまったら? これだけの努力をしたというのにそっぽを向かれたら、私のプライドは耐えられるかしら?

不安になったステイシーはナイティを下げ、いま身につけているシャンブレーのブラウスとジーンズを見つめた。夕食前にシャワーを浴びて以来これを着ているのだけれど、鏡に映っている姿は、ひなびた感じでとても健康そう。

彼女は手の中の軽く薄いものを見下ろし、ようやく決めた。このナイティは、私がこの問題全体にどれほど悶々《もんもん》と悩んでいるかを表してはいるけれど、やはり私向きではない。

厚い絨毯《じゅうたん》がブーツの足音を消していたので、マクレーンが入ってきた音が聞こえなかった。声をかけられたとき、ステイシーはやましい驚きでぎくっとした。

「そこに持っているのはなんだい?」

ステイシーは彼の方をちらりと見た。顔を赤くしながら彼に向きなおり、ナイティを後ろに隠す。

「あの、そのう……別に……大したものでは」そう答えて、クロゼットのドアに向かう。外に出がけに、マクレーンになるべく見えないようにして、丸めたナイティを隅の方に放《ほう》り投げた。

「何か落としているよ」マクレーンが言った。彼女の横をすり抜けてクロゼットに入り、中ほどにある大きな姿見に向かう。

ステイシーは振り向き、その姿見の前に、ナイティのごく薄手のボトムを落としてしまっているのに気づいた。うろたえて片手ではっと口を押さえているうちに、マクレーンがかがんでそれを拾い上げた。こちらを向いて、よく見ようと高くかざしている。ステイシーは屈辱感に襲われた。

しかし、マクレーンがくすくす笑ってこちらに歩いてきたときは、屈辱感などというのは生やさしすぎる言葉になった。クロゼットを出る途中で、彼の視線が床に落ち、ドアの内側の片隅に捨てられたナイティのトップに、一寸の狂いもなく留まったのだ。

「そして、これはなんだろう?」

低い声に聞き落とせないほどオーバーな好奇心を響かせて、彼はナイティのトップを拾い上げた。彼女が内心たじろいでいる間に体を起こし、肩紐を一本ずつ、それぞれの人差し指に引っかけてトップを目の前にかざし、つくづく眺めている。

「すごく薄いから、透かしてきみが見えるよ、ダーリン」

当惑のあまり、ヒステリックなうめきが喉の奥にこみ上げてきそうになる。マクレーンがトップを少し下げて、今度はその上からこちらを眺めている。彼の顔はすっかりきまじめな表情に変わっていたものの、黒い瞳にはまだおもしろそうな色が残っていた。

「僕を驚かせようと思っていたのに、台なしにしてしまった?」

ステイシーはなんとか声が出せたが、それは取り乱した金切り声に近かった。

「い、いいえ。そういうわけでは」彼女は一歩近づいて、ナイティのトップをひったくった。ばつが悪く、いまは少し腹も立ってきて、その両方への苛立ちから、つい口走ってしまう。「こういうのを着なければあなたをその気にさせられないのなら、私、もうかまわないと決めたの。たとえ、私たちが決して……」

そんな言い方をしてしまったことに、ステイシーは怯《おび》え、唐突に言葉を切った。そして、前よりなお動転し、言いなおしにかかった。

「もちろん、私たちがまだ一度も、男と女の仲になっていないのは気になっているわ。ただ、あなたをその気にさせるのに、こういうけばけばしいものが必要なら、ひょっとして私、そういうことまでして、そんな関係になるのを望んでいないかもしれないというだけなの」

いまの言葉を大急ぎで反芻《はんすう》してみて、ショックを受けたステイシーは、ほとんどないに等しいほど薄いものを丸めて、歯がゆそうに床に投げ捨てた。

「それも私の言おうとしていたことではないわ……。ああ、もう、何を言おうとしているのかわからない！　ただ、なぜ一カ月が過ぎても私たち……」

弱々しく片手を振ったが、いままで抑えようとしてきた懸念が、率直な言葉の奔流となってほとばしりでてきた。

「あなたがどう感じているか、いえ、私たちがどう感じているのか不思議になりだしたの。私、何かにパスしなくてはいけないのかしら？　私の立場を知りたいの。どうしても知らなくてはならないの。私たち、結婚しているのかしら？　それとも、じれったいほど長いデートをしているだけなのかしら？」

マクレーンの沈黙に、ステイシーは冷水を浴びせられたような気がした。厳《いか》つい顔が石のような冷たさを帯び、ついさっきまで目にあった、おもしろがっているような色が消えた。視線が鬱屈《うっくつ》した翳《かげ》りを見せ、そして彼自身が少し危険で険悪に近い感じになってきた。文明という薄皮がはがれ落ち、マクレーンが、原始的な男性――原始的で百パーセントセクシーな男性――になる瞬間が、目の中に読み取れた。

ステイシーは用心深く片手を上げ、怯えたくすくす笑いをもらした。「まあ、ごめんなさい。私、こんなふうに言うつもりではなかったんだけど、気がひどく動転してしまって。なぜかはわからないのだけれど」

「だが、なぜか見当はつくよ」やんわりした言葉遣いの中に、怒っているような響きがある。ステイシーははっとして、息が止まりそうになった。

「ああ、いいえ……私、言い方を間違えたの。言葉を選び損ねたの。本当にひどい言葉を使ってしまって。あなたに誤った印象を与えてしまったみたい」心中の不安の表れている引きつった笑みを浮かべ、一歩後ずさる。「確かに、間違った印象を与えてしまったんだわ」

「僕にはきみの本音と聞こえたが」

低い声はまだどこか怒っているような響きがあった。でも、腹を立てているというよりは……そう、こちらをなぶっているみたい？　マクレーンに小さく一歩近寄られ、とたんにステイシーの鼓動が跳ね上がった。恐怖からかしら？　それとも、スリルから？

「そうね……イエスでもありノーでもあるわ」ヒステリックなくすくす笑いがもれそうになる。「でも、ノーのほうがずっと強いわ。どちらにしろ、挑発ではなかったの……あなたの……いいえ、あなたへの」

マクレーンがいまはかすかにほほえんでいるけれど、必ずしもおもしろがっているからだけではないみたい。それとも、そうなのかしら？　ステイシーはそわそわとまた一歩後ずさった。高まってくる興奮と不安があまりにも強烈に混じり合い、本能が逃げるように、駆けだすように、と叫んでいる。

でも、それはばかげている。マクレーンによる危険なんて本当はないのだから。でも、こんな彼を見るのは初めて。だから危険はないと、はっきりとは言いきれない。彼をどう扱えばいいのかよくわからない。だから、臆病《おくびょう》という、いつもの奥の手に頼ることにした。ステイシーはできるだけ穏やかに彼に背を向け、母屋の中のあまりプライベートな場所ではない安全圏に向かおうとした。

ただ、夜のこの時間では、コニーもアリスもずいぶん前に帰ってしまっているけれど。

「どこかへ行くのかい？」

ステイシーは肩越しに振り向いて歩調を緩めたものの、廊下のドアに向かって歩きつづけた。「ちょっと、居間へ行こうと思って。見たいニュース番組があるの」

「きみが必要なニュースは僕が全部知っているよ、ミス・ステイシー」怒ったような低く太い声がいまは耳障りにかすれている。マクレーンの顔にゆっくり浮かんだセクシーな微笑は、どこか獰猛《どうもう》さがあり、その微笑を信用するほどステイシーもばかではなかった。

それに、なんと答えていいかも思いつかない。少なくとも、筋道の少しでも立った答えは。おまけに、心配と屈辱感、そしてひどくスリリングに混じり合った期待と女としての不安に、ステイシーは神経質なくすくす笑いが抑えられなかった。

「〝それで何か変わったことでも？〟とあなたに尋ねるつもりはないわ、マクレーン」またもや不安な笑いがこみ上げ、それに負けそうになりながらも、彼女は敢然と言った。だが、ドアの方へ進む足取りが速くなるのは避けられない。「私、自分でテレビを見てきます」

マクレーンが三歩足らずで、ステイシーを腕の中にとらえた。そして大きなベッドの方に向きなおったものの、すぐには歩きださずに、ぶつぶつ言いながらふざけて首筋を何回も嚙《か》むふりを続けた。彼女はこらえきれず、とうとう声をたてて笑いだしてしまった。

それからベッドの真ん中に下ろされ、彼が上から覆いかぶさった。ステイシーの首を軽く嚙みながらブラウスのボタンを外し、彼女の笑い声が快感のあえぎへと次第に変わっていくまで首筋にキスをした。それからその唇が上がってきて、彼女の唇を奪った。するとたちまち、二人の間のじゃれ合うようなムードが、もっと真剣な何かに変わっていった。

マクレーンが顔を上げ、快感にぼうっとなったステイシーの目をほんの数秒間のぞき込み、上気した顔を見守った。黒い瞳が下に滑っていき、すでに彼がはだけたブラウスの胸元をしげしげと眺めた。それから手を上げて、ゆっくりとさらに胸元を開けていった。

そのあとキスが深く激しくなった。やがてそれは喉を上から下へとなぞりながら探索していき、ほしいものをすべて求めるかのように、見えない印をそっとつけていった。すると、たちまちと思えるほどすぐにステイシーはマクレーンをしっかり抱いて、その下で体を動かした。彼の手と唇の魔力で、だんだんに奔放になっていく。

この上ない親密さの温かい繭が、二人をしだいにかたく包んだ。魂と魂が少しずつ触れ合っていき、愛撫《あいぶ》が交わされ、甘い呼気が混じり合い、ゆっくりと徐々に、二人の間に介在するものは何もなくなっていった。

ステイシーがこれ以上のすばらしさはもうないと思った瞬間、遠い昔から男と女がそうしてきたように二人の体は一つになり、魂は天へと舞い上がっていった。どこまでも高い場所でのめくるめくすばらしさは、少なくとも百万もの光り輝く歓喜と快感の稲妻から成り立っていた。そのすばらしさは息もつけないほどの耐えがたい強さにまで高まり、甘美な白熱を帯びると、ほんの数秒たゆたい、夜空に消える花火のように、一つまた一つときらめきながら消えていった。

静かな部屋の完全な静寂は、早鐘を打つ心臓が静まり、けだるい心地よさが潮が引くようにゆるやかに引いていくのには最適の場所だった。ずっとあとになって、欲望が二人をまたあの高みへと誘っていくまでは。

その後の日々は、ステイシーの人生の中でこれ以上ないほどのすばらしさだった。満ち足りた関係から生まれる独特の親密さ――ステイシーが思ってもいなかった気楽さ――が二人の間にはあった。そして、それに合わせて、二人の日々の習慣も変わっていった。

二人はほとんどいつも、お互いの見える所にいた。そして一緒にありとあらゆる新しいことをした。小川で水浴びをしたり、何も身につけずに泳いだり、牧場の中に、ロマンチックな憩いの場を幾つも見つけたりした。暗くなってから、ほかにもっと楽しいことをしていないときは、放牧場でピックアップトラックの荷台に横になり、星を見上げるのが習慣になった。

そんな暮らしが完全な地上の楽園になるのを妨げているのはただ一つ、二人の情熱がどれほど激しいものになっても、この地上のすべてのほかの恋人たちが口にする、この上なくすてきな告白だけは、まだ交わされていないということだった。

彼は私を愛しているにちがいない、と考えてステイシーは自分を慰めた。だって、その目の中に愛が見えるのですもの。彼のするすべては、恋する男のすることですもの。

二人の間のこの完璧《かんぺき》さは、愛でなくては。それに、私はマタレーンを愛している。耐えられないほどに。ただ、はっきり言葉に出して言えないだけ。どんなにそのチャンスがあっても。

間違った理由で始まった二人の結婚は幸運にもとても幸せなものになった。愛の告白は二人の結婚の最後の賭《かけ》だった。〝私はあなたを愛している〟という言葉を実際に口にしてしまえば、幸せが壊されるのではないかと、ステイシーは危ぶんでしまうのだった。

そして、別に求めていたわけではないそんなチャンスが、思いがけず終わりになる日が、唐突に訪れた。

その電話は、やぶから棒のように思えたが、それは彼女にとってだけだったのだとステイシーは間もなく知ることになった。昼食の一時間前に二人が家に帰ってきたちょうどそのとき、アリスがキッチンの内線で電話を取ったのだ。

「奥様にお電話です。長距離ですが、書斎でお取りになりますか？」

「ええ、すぐに書斎に行きます」ステイシーは壁のかけ釘《くぎ》に帽子をかけると、玄関ホールの化粧室にちょっと寄ってあわてて手を洗い、書斎に入っていった。

ニューヨークの友人のいったいだれが電話してきたのかしらと思いながら、ステイシーは受話器を取った。「もしもし？」物憂げな口調で無頓着《むとんちゃく》に言い、きっとスマートな何か一言が返ってくるだろうと待った。

ところが相手は男性で、ひどく事務的だった。「ミセス・マクレーンですか？ 私、ニューヨーク市警のウオレン刑事です。例の横領事件でお知らせしたいことがありまして」

思いもかけない電話で、すぐには頭が切り換えられなかった。お知らせしたいこと？ ステイシーはデスクの向こうの大きな回転椅子の所へ行って腰を下ろした。

腰かけていてよかった。それは単にいい知らせではなく、信じられないほどいい知らせだったのだ。驚いて、一語一語に熱心に耳を傾けて聞きいっていたので、ステイシーはマクレーンが入ってきて大きなデスクの向こう側の袖《そで》椅子に座ったことにもほとんど気づかなかった。

そして、刑事が〝ミスター・マクレーン〟という言葉を口にするのを聞いて初めて、ショックを受けた視線が彼の視線を探り当て、そこに釘付けになった。電話の話はそのあとすぐに終わった。めまいを覚えそうになりながら、ステイシーは〝なるべく早くそちらにうかがいます〟とつぶやいて電話を切ったのだった。

ショックで体から力がすっかり抜けてしまったようになった。もし立っていたら、その場にくずおれただろう。実際は、大きな椅子の背にぐったりもたれ、いまの会話を頭の中でもう一度再生していた。夢ではないかと体をつねりそうになったが、マクレーンに確かめてみようと思いついた。

「私のお金の横領犯を捜査するように探偵を雇ってくれていたの?」

マクレーンはひどく真剣な顔をしていた。「きみは僕の妻だから。それに、横領犯をだれかに捜しだしてもらえないかどうか調べてみるだけの資力も僕にはあったし。捜査の手続き上、プライベートな人間のほうが、警察よりもうまく犯人を追跡できる場合が多いからね。特に捜査が海外に及ぶときは」

「ウオレン刑事の話では、あなたが雇った探偵が犯人を見つけて、ニューヨーク市警やブラジルの当局と協力して、逃亡犯人引き渡しの手配をしてくださったそうよ。それに、私のお金も取り戻してくれたらしいの。全部ではないけれど、かなりの額を」

「かなりとは、どれくらいだ?」

ステイシーはにっこりした。ほっとし、わくわくしていたので、つい言ってしまった。

「ちゃんと管理すれば、私のいままでのライフスタイルと大差ない生活が……」

彼女の言葉が尻すぼまりに消えた。マクレーンのむっつりした様子は、きみの言いたいことははっきりとわかった、と告げていた。しかし、それは恐らく、彼女が伝えようとしていたこととは違うだろう。ステイシーは驚いて立ち上がり、急いでデスクを回っていくと、マクレーンの前に膝をついて、彼の手を取った。

「つまり、私が言いたいのは、私はアムハーストの家の資産を失わなかったということなの。それにアムハースト家の最後の人間が、もう貧乏ではないということ。私はいまでもあなたの妻で、ただ、あなたのお金持ちの奥さんというだけ」

「僕のものは、全部きみのものだよ、ステイシー。僕たちが結婚した日からずっとそうだった」重々しい口調で彼は言った。「きみはきのうも金持ちだった。億万長者だった。今日はもっと金持ちだ。今日の本当の意味は、きみがこの結婚に疑いを持ち、考えなおすつもりなら、離婚調停を待たなくても、昔のような暮らしに戻れるということだ」

ステイシーは、マクレーンの石のように冷たい表情を見つめた。彼がとっさにそんな言葉を言い放つようなことを、私はしたり言ったりしたのかしら？　このすばらしい知らせに私は興奮し、ほっとし、喜びにあふれそうになっていたけれど、それを多く見せすぎてはいけないのだわ。彼の黒い瞳には、一週間のぞき込んでいたとしても、喜びとか安堵《あんど》とかは見いだせそうもない。それどころか、そこには胸の悪くなるような、一種の生気のなさと、かすかな諦観《ていかん》があった。

そのことについてどう尋ねようかと考えあぐねているうちに、マクレーンが彼女の手を握りしめてにっこりした。「ニューヨークに発《た》つための支度にどれくらい時間がかかりそうかい?」

彼の微笑にステイシーはとまどった。生気のなさが消え、興奮のかすかなきらめきさえある。それとも単なる関心にすぎないのかしら? 用心深く、ステイシーは微笑を返した。「シャワーを浴びて、バッグに必要なものを入れたらすぐに。あなたは?」

首を横に振られ、吐き気がこみ上げてきた。

「明日は、例の牛の市に出かけなければならない。そうなれば、フォートワースに二日は滞在することになる。そのあと、どうしても出なくてはならないマクレーン・オイルの役員会がある」

「では、私も出発をのばしてもいいのよ」

彼は微笑を歪《ゆが》め、首を振っている。「待たれていると思うといらいらして落ち着かない。四日ばかりして、きみがまだニューヨークにいれば、僕もそっちへ行くよ」

「あなたと一緒でなければ行きたくないわ」

「僕は行けないんだ、ダーリン。悪いね」前かがみになって彼女の両手を取る。「きみはニューヨークに行って、この件が処理されるように手配しなくては。きみの弁護士に報酬を稼がせてやればいい。いっそのこと、新しい弁護士を雇うほうがいいかもしれないな。ここにいるうちの弁護士がニューヨークのいい弁護士ときみが連絡を取れるようにしてくれるだろう。きみが出かける支度をしている間に、僕が彼に電話して、よさそうな弁護士のリストをもらっておくよ」

ステイシーはのび上がり、彼の顔を両手で包んだ。「ああ、オーレン。このことであなたにどんなに感謝しているか、言葉には表せないほどだわ。あなたが探偵を雇ってくれなかったら、こんなことになったかどうかわからないんですもの。たとえ警察が犯人を見つけたとしても、ずいぶん長い時間がかかって、私のお金はすっかりなくなっていたかもしれないし」

マクレーンがかすかにほほえんだ。はっきりはしなかったものの、そこには何かがあった。悲しみだろうか？「僕がきみに求める感謝は、すべてがおさまったあと、きみがここへ戻ってきてくれることだけだ」

「ほかに、私がどこに行きたいというの？」ステイシーは尋ねた。ふいに、今度のことで二人の間は何も変わっていないし、マクレーン牧場に、そして彼の元に戻ってくる以上の望みは私にはないのだと、どうしても納得してもらいたくなり、彼にキスをしていた。

キスのあと、マクレーンはステイシーを急《せ》き立てて支度をさせ、その間に航空会社に電話をした。今日のずっと遅い便しか取れないだろうと彼女は思っていたが、シャワーを浴び、二、三日必要なものだけバッグに入れると、二人は昼食をとったあと、マクレーンの運転で滑走路に向かっていた。

二人がセスナ機でサンアントニオに到着すると、手荷物のチェックインをすませる時間しか残っていなかった。ステイシーは彼にキスをして別れを告げ、セキュリティーチェックを受けなければならなかった。大きな飛行機が離陸し、飛行高度に入るころには、さっきの吐き気が戻ってきていた。

それも当然で、そのときになってようやくステイシーは、マクレーンをテキサスに残したまま、一人あわててニューヨークに発つべきではなかったと気づいたのだ。

# 10

人助けは報われない。

この古くからの言い伝えは、一見いまの状況に合っているように思えるが、実際はそうではないと、マクレーンは思った。

彼の行為はそれほど立派ではなかった。そこには利己心がありすぎた。もちろん、見つけられる最高の国際的な私立探偵を雇いはした。だが、その探偵が最初に見つけた有望な手がかりが功を奏するまでには時間がかかりすぎた。それに、あまりにも魅力的な妻のおかげで、もう一つの密《ひそ》かな予定を彼は守れなかった。

最初の手がかりがあまりにも有望に見えたので、ステイシーとの間の一線を越えるのをマクレーンは初めは待つつもりでいたのだ。もしステイシーがお金を取り戻せるなら、彼女がそのお金をどうするか、彼との結婚をまだ続けていく気があるのかどうか、彼女自身ではっきり決められるまで、男女の関係は待ってやるのが正しいことだと、彼は考えていた。

彼女を作りなおしてやろうという初めの考えがあまりにも傲慢《ごうまん》すぎたので、ほかのことではもっと慎重にやるつもりだった。けれど、時がどんどんと経《た》ち、ついにあの夜、彼女がこちらを誘惑しようとしているのを見てしまった。

探偵のことを初めから彼女に打ち明けておけばよかった。ただ、いたずらに希望をかき立てるようなことはしたくなかったのだ。資産を横領されたと知った時点で、彼女はひどく打ちのめされていた。横領犯を捕まえてはみたが、金は一セントも戻らないという場合もあるのだ。これ以上どっちつかずの状態を味わわせても意味はない。この事件を扱った警察に、彼女はもう十分そういう目に遭わされてきたのだ。私立探偵のことを知れば、希望をつのらせすぎたかもしれない。

そうする代わりに、彼と一緒に新しい暮らしをするという考えをステイシーは受け入れていたのだ。以前の暮らしを取り戻せるチャンスがまだあると考えたら、ここの暮らしに賭《か》けてみる気になっただろうか？

彼女が牧場に興味を持ったのは、もとに戻ろうにもすでに何もなかったからかもしれない。だが、彼女がすべてにあまりにも早く、あまりにも熱心に慣れていったので、利己的にも彼は、そのままにしておいたのだ。

最後には、初めの決意もむなしく、とうとうステイシーを抱いてしまったが、愛の告白だけはまだしたくなかった。告白さえしなければ、彼女が資産を取り戻し、この結婚に終止符を打つ決心をしたとしても、彼のプライドだけはせめていくらかでも残されるだろう。それにステイシーのほうは、彼を愛していればそう言うはずだから、そんな言葉を口にしないということで、彼女の気持ちははっきりしている。

ステイシーは〝好き〟とか〝大好き〟とかいう言葉を使って、優しく愛らしいことをたくさん言ってくれる。とりわけ、彼女の〝ねえ、あなたのような人には、私、夢中になってしまいそうよ〟という言葉が、彼は気に入っている。ステイシーはそんなかわいい言い方をたくさんする。だが、愛の告白らしいものは何一つしない。だから、そこから彼は暗示を受け取っていた。

この結婚について、できるだけはっきりと、もう一度考えなおしてもらうというのは、なんと言っても妥当なことなのだ。結婚式での誓いや結婚指輪やすてきなセックスが義理を負うのに値しないなら、愛のささやきだってそうなのだろう。

二つの小企業帝国の経営者として多大の利益を上げ、間違った決断よりは正しい決断を下したほうが遥《はる》かに多かった男として、マクレーンは自分の妻やこの結婚に関して必ずしも有頂天にはなれないと思っていた。

だが、彼の役回りは終わった。もっと慎重にやればよかったとか、判断ミスをしたとか後悔してももう遅い。これからどうなるかは、ステイシーしだいだ。

ニューヨークは大きく、うるさく、人で込み合っていた。大きさについては、ステイシーは気にならなかったが、騒音と雑踏は、ひなびたテキサスで数週間を過ごしたあとでは、際立って感じられた。

タクシーを一台呼び止めるのも奪い合いで、ステイシーは苛立《いらだ》った。牧場では、どれか車を一つ選び、どこへでも行きたい所に行き、地下や駐車場ではなく、道端に車を止めておける。気を遣わなければならない車の往来もほとんどない。

ニューヨークでは、窓に格子がはめられ、複雑な防犯装置や車の警報装置が取りつけられている。ドアは鋼鉄製で、そこには幾つもの鍵《かぎ》がついている。マクレーンの家では、ドアのどれ一つとして鍵をかけたためしがなく、彼の車はすべてエンジンキーが差しっぱなしになっている。

マクレーン牧場は、人のまばらな、安全と騎士道精神の大海原だ。牧童たちは彼女に対し、ステットソン帽の鍔《つば》の端に恭しく手を当て、マクレーンの奥さんとかマダムとか呼びかけ、みんな正直者で友好的だった。

ニューヨークは、鍵のかけられていないドアや不用心な人間、開けっぴろげすぎる人間には向かない。ここではたいていの人は、せかせかしすぎていて、生活のペースや人込みに圧倒されている。警戒心が旺盛《おうせい》で、テキサスの小さな田舎町の人たちのように、ゆったり優雅にはしていられない。

いままではステイシーも、通りの車や騒音に、これほどまでの不安や苛立ちは感じなかった。以前は大都会の活気や活力が好きだったし、すべてが生き生きと見え、興味をそそられたものだった。

いまそれにどんなに反発を感じるか、そびえ立つビルにどれほど圧迫感を覚えるか、そのことに気づいて彼女はショックを受けた。ここでは太陽がテキサスほど明るく輝いていない。林立する巨大なビルが太陽から降り注ぐ光の多くを遮っているせいだけではない。スモッグも排気ガスも、前よりずっとひどくなっているようだった。しかしそれは、ひなびたテキサスの、ときには埃《ほこり》っぽいけれど、澄んだ空気に、あまりにも早く慣れてしまったせいで、オーバーに感じられるのかもしれなかった。馬や牛の糞《ふん》のにおいでさえ、目立つのはほんの限られた場所なので、あまり気にはならなかった。

要するに、以前よく慣れて気に入っていたすべてが、いまは異質なものに感じられ、マクレーン牧場での暮らしに比べると、ほとんどどの点でも劣って見えるのだ。

友人と一緒にいても、あまりくつろげない。別の宇宙に踏み込んでしまったみたいだ。以前おもしろかったことが、もうそうは思えない。あの美術展にも、このデザイナーの最新コレクションにも、心を引かれない。ブロードウエーの当たっている新作のショーも見てみたいとは思わない。それよりも馬や牛の市、雨に関心がある。それは呆然《ぼうぜん》としてしまうほどの驚きだった。

さらに彼女は赤ん坊のことまで考えはじめていた。赤ん坊かよちよち歩きの子がどこかにいると、そちらに視線が引き寄せられてしまい、自分自身の――そしてマクレーンの――子供を持つことを考えてしまう。

黒髪の男の赤ちゃんや女の赤ちゃんの愛らしい映像が一度ならず頭をよぎり、家族という考えが強くわき上がってくる。ニューヨークに長くいればいるほど、子供は、それが男の子にしろ女の子にしろ、マクレーン牧場で育てられるのであれば、街では育てたくないと思えてくるのだった。さらに、子供たちは、自分のように寄宿制学校に入れたりはしないでおこうと。

頭の中で計画がずいぶん先まで行ってしまったことに気づき、ステイシーはショックを受けた。とりわけ、ニューヨークに来てもう五日経ち、マクレーンがまだ姿を現していないというのに。テキサスをすぐには離れられないと言っていたけれど、考えれば考えるほど、見え透いた言い訳に思えてくる。

初めは少し傷ついた。しかしやがて、この先の計画が頭に浮かんできて、うろたえた気持ちが落ち着いてきた。きのうの午後からマクレーンとは話していないし、もう面と向かってそうまでする気はなかった。

いまステイシーを駆り立てているのは、マクレーンと会って二人の最後の幾つかの問題を解決したいという、とても強い思いだった。それと赤ん坊の問題も話し合いたかった。

ニューヨークでの当面の仕事をすべて処理し終え、自由になったとたん、ステイシーはタクシーをつかまえた。途中、ホテルに寄って荷物を引き取り、それから、じれったいほどの車の渋滞に耐えようと、シートの背にゆったりともたれた。

今日マクレーンは去勢馬に手こずったあと、家に帰ってシャワーを浴び、またもや一人の夕食を終え、牧場主の会合に出かけた。馬に手を焼いたのは、自分のせいだった。そんな興奮しやすい馬を扱うには、気がほかに散りすぎていたのだ。それでとうとう、少しはできた調教を台なしにしてしまう前にと、早めに仕事を切り上げたのだった。

実は今日一日、ステイシーに連絡を取ろうとしていたが、最後にはホテルのフロントに、その朝ホテルをチェックアウトしたと聞かされた。友人のだれかの所に泊まることにしたのかもしれない。彼女の携帯電話にも、ホテルのチェックアウトを聞かされる前からかけているのだが、ボイスメールにつながってしまう。きっと電源を切っているのだろう。

好きなときにいつでもステイシーに連絡が取れるわけではない、という考えに慣れるべきだったのだろう。ニューヨークに行ってからの彼女が友人たちとどうしているのか、あまりわからない。尋ねても、なんとなくはぐらかされる感じだった。

それよりは、ニューヨークでの用件の経過報告に興味がありそうだった。彼が、牛の市と役員会が終わって家に帰ってから何をしているかについてあまり話そうとしなかったからかもしれない。きのうニューヨークに行けないことについて、別にうそをついていたわけではないが、牧場主の会合が今夜あるからというのは、かなり見え透いた言い訳だった。

二人ともお互い少し相手を操っていて、彼にはそれが大きな意味を持っているように感じられた。むろん、決していい兆候ではなかった。彼はもう少しで航空会社に電話して、彼女がテキサスへの便を予約したかどうかきいてみようとした。だが、そんなのはやりすぎだと決めた。彼女のことを陰でこそこそ探ったり、その足跡をたどったりするような真似《まね》はしたくなかった。向こうから知らせようとするか、しないかだった。この先ずっと彼と暮らすかどうかも、彼女の望みしだいなように。

牧場主の会合から帰り、静まり返った家に入ったころには夜の九時を回っていた。玄関ホールに一歩足を踏み入れたとたん、玄関テーブルの端に一枚の紙切れが置いてあり、もう一枚の紙切れがテーブルの足元に落ちているのが目に入った。

なんだろうと思って近づき、彼は正装用ステットソン帽をテーブルに置いた。だが、紙切れを取り上げようとして、それぞれの紙切れの横に赤い薔薇《ばら》の花びらが一枚ずつ添えてあるのに気づいた。

テーブルの上の花びらを添えた紙切れには、〈彼は私を愛している〉と書かれていた。

興奮の火花を感じ、頬が緩んだ。体の中の緊張が、喜びの甘美な感覚へとほぐれていく。ステイシーが戻ってきたのだ。かがんで、もう一枚の紙切れと薔薇の花びらを取り上げる。

〈彼は私を愛していない〉

ほほえみがかき消える。彼は体を起こして廊下を眺めた。絨毯《じゅうたん》の上に紙切れと花びらが点々とまき散らされている。興味を引かれ、ほかのものがどういうことになっているのか見てみようと、いま拾った紙切れと花びらをテーブルに置いた。初めの何枚かの所で立ち止まり、交互のメッセージを読んだ。

〈彼は私を愛している〉〈彼は私を愛していない〉

これは、恋人たちの古い遊びだ。ただ、従来のひな菊の代わりに、今回は薔薇の花びらだが。この趣向には心が少しくすぐられた。だが、ステイシーに会いたいという思いに気が逸《はや》り、紙切れと花びらの跡をたどらずにまっすぐ寝室に行きたいという衝動と懸命に闘わなければならなかった。

ステイシーは寝室にいる。それはわかっている。だが、ここまでの手間暇を彼女はかけたのだ。一つ一つのメッセージを書くのにどれほどの時間がかかっただろう? だから、彼女が望んでいるにちがいないようにしてやろう。この遊びを台なしにするような真似だけは、彼女のためにしたくない。自分のためにも。

近道をせずに紙切れと薔薇の花びらの跡を根気よくたどっていくのは、思っていたよりも骨が折れた。それは居間を通って廊下へ、そして絨毯に沿って東棟へと、家の中をぐるっと回って続いている。紙切れと薔薇の花びらの道筋では、テーブルがあるときは必ず、

〈彼は私を愛している〉がテーブルの上に、〈彼は私を愛していない〉が足元の床にあった。そのメッセージはあまりにもはっきりしている。ステイシーは、彼に愛されているかどうかわからないのだ。多くの紙切れと花びらは、この問題への彼女の、際限がないほどのこだわりを示している。とりわけ、〈彼は私を愛している〉の幸せなメッセージが高い所に置かれ、〈彼は私を愛していない〉の暗いメッセージが床に置かれている意味はよくわかった。

〈彼は私を愛している〉〈彼は私を愛していない〉――一方は高く幸せで、一方は低く、悲しい。

彼の歓喜の高まりは、いままでに覚えのないほどのものだった。それは、角を曲がって東棟に入り、二人の寝室からほのかな灯《あか》りがもれているのを見たとき、いっそう高まった。マクレーンはようやくその部屋にたどりつき、中に入った。

ステイシーは、二人のベッドにうつぶせになっていて、まわりには文字どおり幾つかみもの赤い薔薇の花びらがまき散らされていた。彼女は両肘をつき、長い茎の赤い薔薇から花びらを一枚一枚ちぎり取るのに夢中になっていた。彼の立っている所からは、彼女の声は聞こえなかったが、一枚の花びらをちぎり、また次の花びらをちぎっているときの唇の動きは読み取れた。

〝彼は私を愛していない。彼は私を愛している。彼は私を愛していない〟

ゆっくり近づいていくと、とても青い目がすくい上げるようにマクレーンの視線を迎えた。薔薇の香りが、いまはひときわ強くにおってくる。彼女の着ているサテンのネグリジェは淡いピンクの新品で、前のV字の切れ込みはとても深い。うつぶせになった彼女の体が被《かぶ》さっているその先までまだ続いていそうだ。だが、どこまで切れ込んでいるかに彼は興味を持ったわけではない。胸元のV字形の開きからのぞく、すてきな谷間のほうにずっと関心があったから。

ステイシーは体を起こし、ベッドの真ん中に座って穏やかな微笑を彼に向けた。「私のメッセージ、受け取ってくれた？」

彼は近づいていくと、マットレスに片膝をついてかがみ込み、ベッドの裾《すそ》に横向きに寝そべった。ベッドカバーに薔薇の花びらが押しつけられ、強い香りがいっそう濃厚に立ちこめる。引きしまった顎を拳《こぶし》で支え、彼はステイシーを眺めた。

「ああ、一つ残らずね、ダーリン」語尾を引きのばした口調で言う。彼の目の中のくすぶった熱っぽさにステイシーは気づかずにはいられなかった。「だが、そこに残っている花びらで、きみがどこにたどりつけるかはわからない」ほとんど裸になった薔薇の茎を指して言う。

その胸に飛びついていきたい気持ちをステイシーは必死で抑えていた。彼のことがずっと、耐えられないほど恋しかった。しかし、それがどれほど強いかに、いまこの瞬間まで目をつぶるようにしていたのだ。そうしないと、テキサスから乗った飛行機がニューヨークに着いたとたん、帰りの飛行機の席を予約していただろう。マクレーンから離れている一瞬一瞬、そして毎日が、早く戻りたいという衝動に抗《あらが》えるかどうかのテストだった。果たさなければならない用件があったし、どんなに辛《つら》くても物事を最後までやろうというのが彼女の誓いの一つだったのだ。

このロマンチックなゲームをゴールまで持っていくのには、いっそうの自制心が必要だった。この問題を解決しようと長い間待っていたのだ。解決し終えるまでは、自分も頑張り、彼にも頑張ってもらうつもりだった。

とりわけこの結婚が、始まりはどうであれ、お金とはもうほんのわずかの関《かか》わりもなくなってしまったのだから。二人とも——とくに私は——いままで愛の告白をしなくてよかったと思う。いますれば、それが愛以外の何かの打算からしたのではないかと、マクレーンに疑われることは絶対にないだろう。

いままでは、マクレーンがしたこれまでのすべては、愛という言葉こそ口にしなかったけれど、愛からだともうわかっている。その言葉を彼はいま口にしてくれるかしら?

彼に抱かれたいというあまりにも激しい思いにステイシーは駆り立てられ、すばらしい戦利品に二人を向かわせようとして、物静かな口調で言った。

「この花びらが〈彼は私を愛している〉なのか、〈彼は私を愛していない〉なのか、わからなくなったとしても、それが大した問題かどうか自信がなくなってきたわ」

「いや、大した問題だよ」マクレーンは、彼女の横にある、まだ手をつけていない長い茎の薔薇の花に手をのばした。片肘をついたまま少し体を起こし、花の香りをもっとよく嗅《か》げるように茎を傾ける。彼はそれを鼻から離してつくづく眺め、茎を親指と人差し指の間でくるくる回していたが、やがて動きを止め、花びらを一つ選んでそっとちぎった。

黒い瞳が思わせぶりに彼女の視線をとらえた。

「彼女は僕を愛している」マクレーンは二人の間に花びらを落とした。それから次の花びらをちぎる。「彼女は僕を愛していない」

その花びらは、まるで追い払うかのように、ベッドの外に無造作に放《ほう》りだされた。ステイシーは、くすっと笑ってしまった。マクレーンは花びらの一つ一つをゆっくりとちぎりながら、花占いの言葉を繰り返している。〝彼女は僕を愛していない〟の花びらはすべて床に捨てられ、とうとう最後の一枚になった。

「この花占いは、いずれにしろ、きみが必ず〝あなたを愛している〟と言うと予言して終わるはずだ。きみの最後の花びらが、僕が必ず〝きみを愛している〟と言うと予言して終わるように」マクレーンはにっこりした。「きみがいま手にしている最後の花びらが、〝彼は私を愛している〟という花びらだと、僕にはもうわかっている。きみは正しい花びらで終わるわけだ」

ステイシーは、新たな興奮のほとばしりを感じた。自分の最後の花びらが、〝彼は私を愛している〟の花びらであるのはわかっている。そしてマクレーンのいまの言葉は、この愚かしいゲームがお互いの告白を引きだしたも同然だという証《あかし》だった。

しかし悲しいことに、マクレーンの最後の花びらが、〝彼女は僕を愛している〟ではなく、〝彼女は僕を愛していない〟なのはわかっている。ただ、そのことで二人の間の楽しいムードが壊れないように、ステイシーはするつもりだった。

彼女の頭の中を読んだかのように、マクレーンはくすくす笑った。「きみは僕の花占いのメッセージをずっと追っていたんだね。そしてきみの座っている所からだと、この最後の花びらは〝彼女は僕を愛していない〟の花びらに見えているんだろうね。きみはがっかりしているんだろう? きみが僕を愛していないのが本当なら別だが」

「ああ、オーレン。こんなの、くだらないことよ。何かを始めるばかげたきっかけにすぎないわ。あなたが、私の気持ちを占う花びらで、〝彼女は僕を愛していない〟で終わっても、そんなこと問題ではないわ。だって、私は本当はあなたを愛しているんですもの。そして、あなたにそう言おうとずいぶん待っていたんですもの」

ステイシーは自分の薔薇の茎を置き、マクレーンに近寄ろうとした。だが、彼は手を上げて遮った。

「ほら見てごらん、ダーリン」たった一枚の花びらをつけた茎をからかうように差しだし、彼女にもっとよく見えるように少し回した。

するとと、最後の花びらが本当は最後の一枚ではなかったのが見えた。そこには二枚の花びらがあったのだ。あまりにもぴったり重なり合っているので、一枚のように見えていただけだった。彼女はからかわれていたのだ。

「彼女は僕を愛していない」

マクレーンは歌うように言って花びらをちぎり、ベッドの端から向こうに落とした。

「彼女は僕を愛している」

最後の花びらをむしり取ったが、それは自分のシャツのポケットに入れ、裸になった茎を肩越しに絨毯の上にぽいと投げ捨てた。

「さあ、きみの〝彼は私を愛している〟の花びらを茎からちぎって、僕のポケットに入れてくれないか。僕の花びらといっしょになるように」

ステイシーは最後の花びらをちぎり、裸になった茎をマクレーンの向こうに投げた。ベッドの裾を通過して床まで飛んでいき、彼の茎の近くに落ちているといいのだけれど。それから彼女は最後の花びらを彼のものと一緒にしようと、そばに近寄っていった。しかし、指先がポケットに入るのを待っていたかのように、マクレーンの手が自分の手に重なってきて、彼の胸にそっと押しつけられた。

「愛しているよ、ダーリン。きみに初めて会ったそのときからずっと愛していたんだ。ニユーヨークでのあのきらびやかなパーティーで、僕が入っていくと、だれかが愛らしいブロンド美人を紹介してくれた。彼女は僕の目をのぞき込んで、ひんやりした小さな手を差しだし、僕にその手を取らせてくれた。それからにっこりして言ったんだ。〝ニューヨークにようこそ、ミスター・マクレーン〟とね。とたんに僕はきみの虜《とりこ》さ」

マクレーンは絡み合った視線を外さずに彼女の指を口元に持っていき、優しくキスをした。

「そして、いまも変わらずきみを愛しているよ、ダーリン。この先、一生ずっと愛しつづけるだろう」

ステイシーは、目がちくちくしだし、幸せの涙があふれそうになるのを懸命にこらえなくてはならなかった。

「ああ、オーレン。愛しているわ。あの夜は私、とっても胸がどきどきしてしまって。あなたのような人に会ったのは初めてだったの。いまになって思うと、あのときあなたを愛してしまったんだわ。でも私、一目惚《ぼ》れなんて信じていなかったから、自分の気持ちに怯《おび》えて、どうしていいかわからなくなってしまったの」

抑えきれないほど、感情が激しくこみ上げてくる。それは愛と歓喜に、ちょっぴり悔恨の交じった感情だった。初めのプロポーズを愚かにも断ったことを思いだしたのだ。

「初めのとき、あなたのプロポーズにノーと言ってしまって、私、気が咎《とが》めていたの。それから、私がだれかを必要としていたときに、あなたがまた私の人生に入ってきた。私は二度目のチャンスに値しないとわかっていたわ。私はあなたが好きだった。けれど、私が本当に感じているものが何なのか、それを信じる勇気がなかった。あなたに圧倒される気持ちを克服できなかったの。それでいて、あなたに救ってもらおうと、利己的なひどい決心をしてしまったの」

目が幸せの涙にうるんでくる。

「私が圧倒されていたのは、本当はあなたへの私の気持ちのプレッシャーだったのかもしれない。あなたを愛していると認めるにつれて、圧倒される感じが少なくなってきたんですもの」

ステイシーはためらいがちにほほえみを浮かべた。

「私、あなたをとても愛しているわ、オーレン、とても。でも……」ほんのしばらく口をつぐみ、それから言葉を継いだ。「私、心配になってきたわ。私たち、こうして話をしているばかりなの？　あなたはもうキスをしてくれないの？　あなたに最後に抱かれたのは、ずいぶん前のような気がするんですもの」

マクレーンのほほえみがふいに消え、厳《いか》つい顔が唐突に真剣になった。「それを永遠に言いだしてくれないのではないかと思っていたよ、ミセス・マクレーン」

二人はたちまち抱き合うと、薔薇の花びらの中を転げまわり、むさぼるようにキスをしていた。マクレーンがふいにたじろぎ、唇を引き離して低く短く毒づいた。それからひどく静かになり、動かなくなった。いつの間にかマクレーンは着ていたものをほとんどなくしていた。ステイシーのほうは、失うものは初めから短いサテンのネグリジェしかなく、それは抱き合った瞬間に、マットレスの端から滑り落ちてしまったようだ。

マクレーンが抱擁の腕をほどき、自分の背中の方に手を回した。一瞬の後、彼はステイシーがベッドの外に投げ捨てたと思っていた、あの薔薇の茎を差し上げていた。

マクレーンは目を鋭く細めて咎めるふりをし、それから茎を放り投げた。

「もう少しして、ワルツでも踊りながらシャワーを二人で浴びに行く前に、絨毯の上をチェックするのを忘れないよう、僕に注意してくれないか」

マクレーンはまた彼女にキスをした。二人が、お互いを喜ばせる以外の何かを考えられるようになるまでには、とても長い時間が経った。

こんな夜がこれから少なくとも五、六十年は続くはずだ。だが、悪阻《つわり》が始まるのはわずか一カ月先だろう。何が起こっているかに気がつくと、二人は日にちを数え、今夜が二人の、少なくとももう一つのすばらしい出来事の始まりだったと知るだろう。

二人一緒の幸せは、最初の男の赤ちゃんが生まれたとき、完璧《かんぺき》なものに思えたかもしれない。しかし、それに続く年月が二人に、マクレーン家の幸せは、三人の黒髪の坊やが二人の暮らしに入ってくるまで、二年ぐらいごとに定期的に広がる運命にあることを教えたのだった。

そのあと、マクレーン家のやんちゃな息子たちのいちばん下の子が、幼稚園に上がるころになって、思いがけず女の子が生まれた。利発な黒髪の小さな女の子は、看護師が父親の腕に彼女をのせた瞬間から、父親にとって自分は、目の中に入れても痛くない存在であることを知った。

●本書は、2005年1月に小社より刊行された作品を文庫化したものです。

# 純真な花嫁

2013年5月1日発行　第1刷

著者　スーザン・フォックス

訳者　飯田冊子（いいだ　ふみこ）

発行人　立山昭彦

発行所　株式会社ハーレクイン
東京都千代田区外神田3-16-8
03-5295-8091（営業）
0570-008091（読者サービス係）

印刷・製本　大日本印刷株式会社



Printed in Japan © Harlequin K.K. 2013 ISBN978-4-596-93513-7

# ハーレクイン文庫

## コンテンポラリー―現代物

### 愛ゆえの罪

リン・グレアム / 竹本祐子 訳

ボリビアを訪れたジョージィは誤解から拘留され、やむなく元恋人の大富豪ラファエルに助けを求める。再会した彼の変わらぬ魅力に傷つくとわかりながらも…。

### 心がわり

アン・メイザー / 鷹久　恵 訳

婚約者が迎えに来てくれるはずのブラジルの空港で、ドミニクを待っていたのは彼の雇主ヴィンセンテだった。傲慢な大富豪は純真な彼女を強引に誘い…。

### 愛を重ねる日々に

ヘレン・ビアンチン / 萩原ちさと 訳

家のために結婚したハンナとミゲル。情熱的な関係ではあるが、ハンナはいまだに夫へ愛を告げられずにいる。そこへ妖艶な美女が現れ「ミゲルを奪う」と宣言し…。

### 結婚ゲーム

イヴォンヌ・ウィタル / 小池　桂 訳

ジョアンヌは弟の学費支援と引き替えにグラント医師との契約結婚を決める。愛のない結婚だったはずが、ジョアンヌは次第に彼を意識し始めて…。

### 贈られた花婿

アネット・ブロードリック / 萩原千秋 訳

エリート社員のブラントは、ある日突然、会社の創設者J・Cに呼びつけられる。J・Cには敵が多く、不治の病でもあるため、娘と結婚し後継者になれというのだ。